ラルーナ文庫

仁義なき嫁
愛執番外地

高月

JN103185

三交社

CONTENTS

Illustration

高峰 顕

仁義なき嫁　愛執番外地

本作品はフィクションです。
実際の人物・団体・事件などにはいっさい関係ありません。

1

ガラスの器に入ったキャンドルの灯《あか》りが揺れて、岡村慎一郎《おかむらしんいちろう》は陰鬱《いんうつ》な気分になった。元が晴れやかだったわけでもない。佐和紀《さわき》が消えてから、気持ちはずっと沈んだままだ。どんよりとした表情でバーカウンターに片肘《かたひじ》をつき、もう片方の手でバーボンのグラスを摑《つか》んだ。

オーセンティックなジャズの流れる店内は狭く薄暗い。まばらな客が席を埋めていた。大きな球体の氷を指で押さえてグラスを傾ける。琥珀色《こはくいろ》の液体を飲み干し、

「もう一杯」

と低い声で告げた。強いアルコールが、喉《のど》から胸を灼《や》くように流れていく。眉間《みけん》のシワがいっそう深くなる。

グラスをカウンターの向こうへ押し出して置いた。

右隣に座っている連れの男が物言いたげに笑い、岡村は黙って視線を向ける。カールのかかった髪をサイドで分け、怜悧《れいり》な印象の眼鏡《めがね》をかけているのは田辺恂二《たなべじゅんじ》だ。

大滝組《おおたきぐみ》若頭補佐・岩下周平《いわしたしゅうへい》の元舎弟だが、今年の春に足抜けをした。といっても、完

全に足を洗えるわけではない。ヤクザとカタギのグレーゾーンで、ハイエナに追われないように息をひそめている。裏の世界から距離を置くには、しばらく時間がかかるだろう。

整った顔立ちに浮かんだ憐憫《れんびん》の薄笑いが引っ込み、視線もそれた。ひそやかな息づかいが、岡村の不機嫌に対して沈黙を守る。岩下の下に付いた頃からの『ツレ』だが、友人と呼び合えるほど優しい関係ではない。いわゆる悪友だ。お互いのいいところより、悪いところを熟知している。

「俺も、もう一杯。今度は、アイラがいいな。おすすめのものを」

バーテンダーに注文を出し、田辺はようやく振り向いた。お互いにスーツ姿だが、仕立ての雰囲気は違っている。

田辺のスーツはモダンで色気があり、ラインは柔らかく、肉感的になめらかだ。一方で、岡村のスーツのラインは綿密に整っている。どちらも洗練されたパターンの妙があり、それぞれの個性を表現していた。

「焦点が合ってないけど……。大丈夫か？」

口ほどに心配していない田辺が冷ややかに笑う。岡村の目の前で、からかい混じりに指をちらつかせた。

「うるさい」

岡村は、ぴしゃりと言い返した。隙《すき》を見たバーテンダーが新しいバーボンのグラスを届ける。上から鷲摑《わしづか》みにして口元に運ぶと、田辺の手が伸びてきた。

「飲み方が、汚い」

手首を摑まれ、グラスが奪われる。

代わりにチェイサーを渡された。中身はもちろん水だ。

不満をあらわにした岡村は、舌打ちついでに睨《にら》みつけた。しかし、田辺が臆《おく》するはずもない。洒脱《しゃだつ》な仕草で肩をすくめると、軽く身を引く。

バーの雰囲気を壊しかねない酔い方にあきれているからだ。

「おまえは極端なんだよ」

小皿に盛ってある小さなチョコを摘《つ》まみ、田辺がため息混じりに言う。

「そうやって、いつまでも落ち込んでるつもりか？　キリがないだろ。いないものはいないんだから」

突き放した口調に、岡村は苛立《いらだ》つ。こめかみを引きつらせながら、渡されたチェイサーの水を飲み干した。

こなれた老舗《しにせ》のバーでクダを巻くみっともなさは自覚している。浴びるように酒を飲むなら、場末の居酒屋へ行くべきだろう。

そうしないのは、田辺が騒がしさを嫌がるからで、それなら別のヤツを誘うと言えないせいだ。

弱みを見せれば、ここぞとばかりにつけ込んでくる悪友だが、みっともない姿をさらけ出せる相手でもある。酒に呑《の》まれ、クダを巻き、閉塞感《へいそくかん》しかなかった日々を共に過ごしてきた。気心が知れている。

「そもそも、おまえとは、なにもなかった相手だろ。……本当に？　キスもしなかったのか」

怪訝《けげん》な顔の田辺から言われ、岡村はむすっとした表情でバーボンのグラスを引き寄せた。優しくして欲しいわけではないが、言い方はあるだろう。飲み方が荒れるぐらいには、メゲているのだ。

「すれば、よかった」

丸い氷を指でくるくると回し、苦々しく口にした。

「どうせいなくなるって、わかってたら……」

「よっぽどだな。アニキに殺される前に、本人に殺されるパターンだ」

からかうように言った田辺が黒い煙草《たばこ》の箱を引き寄せる。引き抜いた一本に火をつけた。

田辺の口調は軽いが、言葉は重い。岡村が横恋慕していた佐和紀は、兄貴分である岩下周平の男嫁だ。入院した組長の治療費を得るために人身御供としてやってきたチンピラは、冗談のような白無垢《しろむく》が恐ろしく似合う美人だった。

ごく普通に考えて、世話係を任命された岡村が惚《ほ》れていい相手ではない。それなのに、うっかりと惹《ひ》かれ、気になりだしたら最後、ずるずると恋に落ちた。

顔がいいだけなら、ここまで好きにはならなかったと思う。

佐和紀という男は、息を呑むほど美しい横顔をしていながら、幼稚で粗雑で腕っ節自慢の乱暴者だ。

精神的な幼さが、相手を萎《な》えさせ怯《ひる》ませるところがあり、佐和紀と同じ組にいたヤクザは『手出しをすればなけなしの道徳心に傷がつきそうだった』と話す。

しかし実際は、顔に騙《だま》されて手を出したが最後、返り討ちにあってボコボコにされる。

岡村をからかっている田辺も被害者のひとりだ。

結婚する前の佐和紀を美人局《つつもたせ》グループへ誘い、安い金で働かせた挙げ句に手を出そうとして失敗している。

当時の岡村はなにも知らなかったが、田辺が繰り返していたケガの理由はそういうことだ。インテリヤクザの部類に入る田辺は、街のチンピラと揉《も》めることを避けていたし、ケンカになるようなことはしないから、妙だと思っていた。

「いっそ、殺していってくれたら、よかったんだ」

酔いに任せた岡村は低く唸《うな》った。

そもそも岡村の『恋愛対象』は男ではない。色事師だった岩下の指示で『抱く』ことはあったが、自分の意志で選ぶなら恋愛もセックスも女がよかった。

だからこそ、佐和紀への想いは深い。恋愛と忠誠の真ん中で右へ左へと揺れながら、生きるも死ぬも任せるつもりでいたのだ。

それなのに、佐和紀は消えてしまった。

「……もういいから、飲めよ」

田辺の声に同情の響きが混じる。チェイサーが奪われ、バーボンを戻される。グラスを握った岡村の手を口元まで運び、田辺の手が離れていく。

甘い香りが淡く鼻先をかすめ、液体を舐《な》めるように飲む。すっかり酔いが回り、アルコールの強さも感じなかった。残りを喉へ流し込んで、宙を見つめる。

佐和紀が出奔して二週間が過ぎた。

誰《だれ》にも言わず、素振りも見せず、ある日を境にして大滝組の男嫁は消えてしまったのだ。

考えられる原因はいくつもある。

世話係の知世《ともよ》が暴行された事件。

佐和紀の過去を知る男の出現。

そして、分裂が噂《うわさ》される関西ヤクザの情勢。

大阪で暴れないかと引き合いが来ていたことは、岡村も知っている。

佐和紀はもはや、きれいなだけの男でも、腕力にモノを言わせるだけの男でもない。周平との結婚生活ですっかりと磨き上げられ、魔性とも言える人たらしの才能を持っている。

色仕掛けの一歩手前。絶妙な関係性で、地位にあぐらをかく男たちの慢心を手玉に取る。不思議と、地位の高い相手ほど佐和紀の策に落ちるようだ。

しかし、佐和紀本人が望んだことは、相変わらずの暴力沙汰《ざた》なのかもしれない。

昨今のヤクザを取り巻く状況は厳しく、関西で抗争が起これば、警察を巻き込んだ三《み》つ巴《どもえ》の戦争になる。そうなれば、関西ヤクザの組長たちは使用者責任で軒並み検挙される。

佐和紀を誘った大阪ヤクザの美園《みその》と京都ヤクザの道元《どうげん》の思惑が、色仕掛けと暴力沙汰、どちらに比重があるのかもはっきりとしないままだ。

岡村は彼らの真意を探ろうとしていた。その上で、岩下とも連携を取り、佐和紀の動きをバックアップするつもりで準備を進めていたのだ。

それなのに、佐和紀はひとりで勝手に飛び出してしまった。どこへ行くとも誰を頼るとも教えられず、岡村が佐和紀の出奔を知ったのは岩下の伝言を通達する支倉千穂《はせくらちほ》を通してだった。

つまり、岡村は置き去りにされたのだ。

おまえは俺のものだと言った佐和紀は、捨てることも自由だと言わんばかりに、『右腕』となって支えるつもりでいた岡村を残して消えた。さらに驚いたのは岩下の決断だ。

一週間を区切りにすると宣言して、戻らなかった佐和紀との婚姻関係を解消し、離れに残っていた佐和紀の荷物もすべて処分した。

佐和紀との愛情を、あれほどたいせつに育んできた岩下の行動は、さまざまな憶測を呼んだ。

捜索をかけようともしないのは、ふたりの間になんらかの話し合いがあった証《あか》しだと噂する者がいれば、暗躍の著しい岩下の裏の顔に、佐和紀が耐えられなくなったと邪推する者もいる。

「おまえだったら、どうする」

グラスを口元に運んだまま、岡村はぼんやりと問いかけた。

田辺にも新しいグラスが届いている。ふたりは視線を合わせず、前を見たまま酒を飲む。

岡村はもう一度、言った。

「おまえの男が、ある日消えたら、どうする」

「……追いかける」

静かな声は、慎重に答えを探した。田辺の恋人は男だ。

その男のために、田辺は危険を承知で大滝組からの足抜けを実行し、完全には足を洗えないながらもカタギへ戻った。

「おまえのところは、『恋人』だもんな」

バーボンをちびりちびりと飲みながら、岡村は肩を揺すった。笑いが込み上げる。

「恋人って、おまえ。笑わせるよなぁ。散々、佐和紀さんを追い回しておいて、いまさら、あんなスジ筋の男を選ぶか？　完全にホンモノだろ」

酔いに任せて揺れながら、『ゲイの好きそうなタイプを選んだ』と揶揄《やゆ》する。

田辺は言い返してこなかった。

佐和紀に置いていかれてクダをまくしかない自分を憐《あわ》れんでいるのかと思ったが、すぐに別の可能性が頭をよぎった。酔っていても、まだ頭の回路は正常に動く。田辺が言い返さないのは、ヤクザ同士ではなくなったからだ。

ヤクザとカタギが危うく互いの腹具合を探り合っている。田辺が岡村と縁を切らないのは、大滝組の情報が必要だからだ。

田辺の恋人は、組織犯罪対策課の刑事をしている。

「佐和紀さんの方がよっぽどいいのに。バカか」

岡村の悪態に、田辺はひょいと肩をすくめる。仕草に、わずかな憂いが見えた。

大事な恋人のことは微塵《みじん》も口に出さない。昔と変わらず、利口でずる賢い男だ。

「おまえみたいになりたくなかったんだよ。……きれいなだけじゃないだろ。あれは、猛毒の類《たぐい》だ」

「……おまえ、幸せそうだな」

カウンターに頬杖《ほおづえ》をついた岡村は、隣に座る田辺へ視線を向ける。伊達《だて》眼鏡をかけた横顔から表情が消えた。くちびるを引き結び、じっとうつむく。

いつもながらに、なかなかの色男だ。女好みの上品できらびやかな雰囲気がある。それを武器にして、マダム相手の投資詐欺をするのが、田辺のシノギだった。

「幸せだろ？」

岡村が繰り返すと、田辺は小さく息を吐き出した。兄貴分の岩下に憧《あこが》れてかけ始めた眼鏡を指で押し上げる。

「酔っぱらい……」

ぼそりと言って、手元のグラスを引き寄せた。思いついたようにバーテンダーに声をかける。

「酒を足してやって」

オーダーに対してバーテンダーが動く。ダブルの分量が足され、岡村はこめかみを支えた姿勢のままで、うんざりと眉《まゆ》をひそめた。

「飲んでも酔えない……」

「確実に酔ってるよ。送ってやるから、さっさと潰《つぶ》れろ」

おまけのように『バカ』と罵《ののし》られ、岡村は無性におかしくなった。肩を揺らし、背中を丸めて笑う。

「当たってるよなぁ」

自分でもバカだと思う。大バカだ。

誰よりも必要とされていると思い込んでいたし、どんなことでも思うままに動いてやれる自信があった。まさか、置いていかれるとは思いもしなかったのだ。

「捨てられた犬みたいな顔、するなよ……。このまま、待ってるつもりか？」

田辺の声が遠のいて聞こえ、岡村は黙々とバーボンを飲む。

余計なお世話だったが、口には出さない。なにを言っても、もの悲しく、ただひたすらにむなしいだけだ。

「必要とされてないのに、行けるわけないだろ……。だいたい、どこにいるのかも知らないよ」

急激に酔いが回り、ろれつが怪しくなる。岡村は何度も『無理だ』を繰り返し、そしてうつむいた。

屋根付きロータリーで、タクシーが停《と》まった。コートを片手にかけた岡村は、まっすぐに自動ドアを抜ける。

その先に設置されたオートロックを解除して、明るいエントランスホールへ入る。天井高のある開放的な造りで、大きなソファがいくつも置いてある。シックな雰囲気の空間を横目に、エレベーターに乗り込んだ。

利用階を押し、ドアが閉まるのと同時に、壁へもたれかかった。すっかり酔ってしまって、視界も危ういほどだ。見据えていないと、小さな数字はぼやけて読めない。

送ってやると言って飲ませてきた田辺とは、店の前で別れた。バーカウンターから離れた岡村がまっすぐ歩いているのを見て、ひとりで帰れると判断したのだろう。タクシーには同乗しなかった。

エレベーターを降りて、廊下をフラつきながら歩く。高級マンションは、いつも静かだ。入居者に会うこともほとんどない。

部屋の前で鍵《かぎ》を取り出したが、鍵穴が何重にも見えて差せない。苛立って舌打ちを繰り返し、ドアに額をぶつけた。そのまま、指先の感覚で鍵穴を探す。人肌へ這《は》わせるようにすると、不思議に場所がわかる。その指に沿わせて差し込むと、鍵の先端が空間の中を埋めて収まった。

「目隠しプレイかよ」

独り言を吐き捨てながら、家の中へ入る。帰り着いた安堵感《あんどかん》で、酔いと眠気が一気に増す。それでも、ドアに額をぶつけながら、施錠とチェーンを確認する。

あとはもう、動けなくなった。

貼《は》りつけていた外面が溶け落ちて、素の自分に戻る。陰鬱で御しがたい暗闇《くらやみ》が迫り、冷たいドアに頬を押し当てた。酒のせいで、身体《からだ》中が火照《ほて》っている。

もっともっと飲めばよかったと、理性の欠片《かけら》を疎ましく思いながら、いつのまにか落ちていたコートを踏んだ。

瞬間に吐き気が込みあげ、岡村は革靴を脱ぐ暇もなく、トイレへ駆け込む。間一髪だ。どこも汚さずに嘔吐《おうと》を済ませ、洗面台で顔を洗う。うがいをして、歯を磨きながらジャケットを脱いだ。ゆるんでいたネクタイもはずし、座り込んで靴紐《くつひも》をほどく。

適当に投げ捨て、スラックスも脱ぐ。すべては明日の自分任せだ。

いつの頃からか、スーツを着て飲むと、意識を飛ばさなくなった。おそらく田辺も同じだろう。そういう教育をされてきたのだ。

意地の悪い表情ほど色っぽく見える岩下は、ことあるごとに舎弟を泥酔させた。

和洋酒のちゃんぽんに、ボトルの一気飲み。意識を失ったあとは捨て置かれる。誰のものとも知れない吐瀉物《としゃぶつ》にまみれ、雑魚寝《ざこね》の中で目を覚ましたことも一度や二度じゃない。

ひどい二日酔いの記憶をたどり、壁にもたれた岡村はシャツのボタンに触れる。片手ではずせず、歯ブラシをくわえて両手でやろうとしたが、指先は言うことを聞かない。

笑えてきて、歯ブラシを洗面台に投げた。手で水をすくい、口をゆすぐ。シャツの裾《すそ》で拭《ぬぐ》って、鏡に映った指先を見ながら、ようやくボタンをはずした。

酒にまつわる失敗は思い出したくない。どれもこれも、こっぱずかしいほどに苦い思い出だ。なにより若かった。その青臭さがたまらなく疎ましい。

前ボタンをはずし終え、そのまま脱ごうとしたが、手首で引っかかる。カフスだ。袖のカフスをはずし忘れていた。

仕方なく、もう一度肩まで引き上げて着た。スラックスやジャケットを踏んでキッチンへ向かい、冷蔵庫から2リットルのペットボトルを出す。スポーツドリンクだ。ソファにどっかりと座って、直《じか》に飲んだ。

酔いはまだ醒《さ》めない。醒めて欲しくないと思う。視界がぼやけ、なにもかもが、ゆらゆらと揺らめく。酩酊《めいてい》している間だけが、冷静でいられる瞬間だ。

佐和紀がいなくなってから、岡村はそういう生活をしている。

ペットボトルを足元に置いて、シャツの袖口をあらためて眺めた。

カフスをはずす岩下の姿が、脳裏をよぎる。なにをしても退廃的な色気が滲《にじ》み出る男だが、卑猥《ひわい》さを増すのは衣服に触れているときだ。着るときも脱ぐときも、同じようにエロい。

そんなことを考えながらいじっていると、カフスがはずれた。ローテーブルの上に載せ、もう片方に触れる。

岩下がなぜ、佐和紀を手放したのか。

佐和紀がなぜ、岩下のもとを離れたのか。

このふたつは、岡村にとって、たいした疑問ではなかった。

岩下は、佐和紀を嫁として囲い込むことを避け、結婚してからずっと、自立させようと心配りを続けていた。愛情深く接しながら、自分自身のことも律していた。

だから、岩下が追わないのは道理だ。手放すべきときが来ただけのことだろう。好きだとか嫌いだとか、周りが邪推するような理由ではない。

そして、佐和紀は、岩下の求めた通りに自立した。そういうことだ。

嫁に来たときは、無鉄砲なただのチンピラだった。幼稚で、未熟で、無知で。ちょっとしたことに傷ついていては、離れを飛び出して逃げていた。

いまでも無鉄砲さに変わりはないが、磨かれた美貌《びぼう》は倍増した上に、色気の出し入れも自在だ。人を使うことにも慣れ、自分なりに責任も取る。

知世が痛めつけられたとき、佐和紀はカチコミでケジメをつけた。首謀者は逃げたあとだったが、佐和紀の『身内』に手を出せばどうなるか、ヤクザ界隈《かいわい》の人間なら理解できただろう。

あれが、佐和紀にとっては引き金になったのかもしれない。岡村はそう思う。

岩下は引き止めず、『離婚』と『荷物の整理』で、佐和紀の退路を断った。

相手を想えば想うほど、冷酷なことを平気でする男だ。

岡村や田辺が、繰り返し、泥酔させられたのと同じことかもしれない。

自分の不在時にも弱みを握られないよう、アルコールの限界値や立ち回り方を仕込まれたのだ。その甲斐《かい》あって、岩下の舎弟が酔いに任せて情報を漏らすことはない。

岩下の優しさは、傷口に吹きつけるアルコールのようなものだ。消毒にはなるが、悶絶《もんぜつ》するほど沁《し》みる。

もう片方のカフスもはずれ、岡村はふたつをローテーブルの上に並べて置く。立て膝《ひざ》の上に肘を置き、身を屈《かが》めながら息を吐き出した。胸の奥がモヤモヤして、鼻の奥もツンと痛む。

広々とした高級マンションの部屋は、まるでモデルルームだ。備え付けの家具は高級品で揃《そろ》えられ、シックでセンスがいい。ここも、岩下からの斡旋《あっせん》だ。デートクラブの運営を任されたとき、それまで借りていた単身者用のマンションを引き払って引っ越した。

これからは、セレブ感溢《あふ》れる部屋に似合う生き方をしなければならないのだと、岡村はすぐに悟った。

身につけるもの、食べるもの、飲むもの。すべてがワンランクもツーランクも上がり、たまに居酒屋で飲めば、なにもかもが懐かしく感じるぐらい、生活のレベルが変わった。

思えば、それが岩下から道を示された最後だったかもしれない。

佐和紀の右腕になることも認められ、岩下から離れることも許された。

なのに、と岡村は思う。

一言も告げずに消えた佐和紀を思い浮かべ、奥歯を噛《か》んで感情をこらえる。

部屋には、佐和紀も何度か来た。

いま、岡村がいるソファで膝を抱いていた。外側が磨かれ、内側が成長しても、佐和紀のあどけなさは変わらないままだ。

いじらしくて、性質《たち》が悪い。

外ではお行儀よく振る舞うのに、宅飲みではすっかりリラックスして、ビールとつまみを楽しみながら膝を抱えて煙草をふかす。自分の吐き出した煙に巻きつかれ、苛立ちまぎれに悪態をついていた。

自分に横恋慕している男が牙《きば》を剝《む》くとは考えもせず、のんきに酔う姿だ。酒で赤く火照ったうなじと、繰り返し指で掻《か》いていたくるぶし。

健康的な佐和紀の面影をたどり、岡村は、股間《こかん》へ指先を伸ばした。記憶を甦《よみがえ》らせ、自慰に耽《ふけ》る。

佐和紀を抱くような妄想はしない。岩下に抱かれる佐和紀の声を思い出しても、夫婦の営みは想像しなかった。

いつだって、ただ、佐和紀がそこにいると思えばよかったからだ。自分の佐和紀は、自分自身の心の中に、ただひっそりと存在している。

そんなふうに、じくじくと湿った興奮に刺激されて、薄暗い感情だけで射精まで導かれた。佐和紀をネタにすることに罪悪感はなかったが、達したあとで愛《いと》しさを感じることには戸惑いがついて回る。手のひらに出した精液の生温かさに、岡村は顔をしかめた。

これが愛と呼べるのか。考えても答えはない。

絶対に手に入らない相手だ。佐和紀は岩下を愛している。そこに、岡村が入り込む余地はない。愛人にさえ、してもらえない。

それでもいいから、そばにいたいと思ってきた。恋慕に勝る忠誠を誓い、足元にひれ伏すことだって厭《いと》わない覚悟があった。

なのに。

「……っ」

心臓のあたりに、鋭い痛みが走る。思わず片手で押さえた。

動悸《どうき》が激しくなり、息も苦しくなる。

「なん、で……っ」

繰り返し口にした言葉が、今日もくちびるをついてこぼれる。悲痛な声はかすれ、岡村は強くまぶたを閉じた。

連れていってくれると思っていたのだ。

右腕として、離れることなく行動できるのだと信じていた。

肩で息をして、スポーツドリンクをもう一度、飲む。

脱いだシャツを手にして立ち上がり、風呂場《ふろば》へ向かった。折り重なったスーツの上にシャツを投げ捨て、下着も脱ぐ。

シャワーを浴びて、髪を洗う。目を閉じると佐和紀の面影が浮かんできて、目頭が熱くなった。泣いたところで苦痛がなくなるわけじゃない。でも、シャワーにまぎれた涙は、酔っているからこそ、こらえようがなく、溢れ流れる。

なぜ、連れていってくれなかったのか。

たった一言を、どうして、残していってくれなかったのか。

待てと言われたなら、待つ。追ってこいと言われたなら、すべてをなげうって追っていく。

なにもないままに消えてしまっては、路頭に迷うばかりだ。捨てられた犬だと、自分でも思う。

壁にかかったシャワーを掴み、頭から浴びてうつむく。足元を流れるシャンプーの泡さえ、絶望的にはかなく思えて、もの悲しい。

どこかで間違えたのかもしれなかった。

必要とされる右腕になりたいと願ってきたが、特別に見られたいと思うあまり、暴走したこともある。

身体を繋《つな》ぎたい。

甘くささやきたい。

恋人のように、見つめて欲しい。

キスもできないなら、せめて、心だけは愛人のようにと、佐和紀を求めた。

それがどれほど生意気で、だいそれた望みなのか。いまになって理解できる。

岡村の胸は後悔に苛《さいな》まれた。

ひとつひとつは小さな望みでも、佐和紀にとっては面倒な要求だっただろう。

一緒に連れていくには、足手まといになると思われたに違いない。

いくら後悔しても、あとの祭りだ。覆水は盆に返らない。

少し前の佐和紀だったなら、岩下や世話係の助けなく、ひとりで動けるはずがなかった。

しかし、いまの佐和紀は、どんなふうにも動くことができる。協力者には困らず、なによりも佐和紀自身が人の指示を受けずに動ける。

いっそ、自発的な行動力なんて持たないで欲しかったと思うたび、岡村は猛烈な自己嫌悪を感じてしまう。

岩下のように、寛大にはなれない。離れていても、置き去りにされても、佐和紀が自由ならそれでいいとは思えなかった。

そばにいなければ意味がないと思う。どんなふうにでもいいから、必要とされていなければ、佐和紀を求める心は乱れる一方だ。

シャワーを止めて浴室を出ると、酔いも眠気も薄れていた。

まだまだ酩酊の中にいたいと思いながら髪を拭《ふ》いていると、スーツの山からバイブ音が響いた。携帯電話の存在を思い出し、足で山を崩す。転がり出た携帯電話に表示されているのは、桜河会《おうがかい》若頭補佐の道元に割り当てた偽名だった。

そのまま足の指で通話ボタンを押し、ハンズフリーに切り替える。

応答の声を発することもなく髪を拭いていると、携帯電話から男の声が聞こえた。

『……話してもいいか』

「どうぞ」

そっけなく答えて、携帯電話を拾いあげた。寝室へ行き、下着を身につける。Tシャツとボクサーパンツだけで、枕《まくら》を背に挟んでベッドに足を伸ばした。

『岩下が離婚したって噂が出回ってる』

身体の脇《わき》に置いた携帯電話から聞こえる道元の声は、本人のスタイリッシュな容姿を想像させる美声だ。低すぎず、甘く響いて、よく通る。

「おまえはとっくに知ってただろ？」

道元吾郎《ごろう》は、大阪にある阪奈会石橋組《はんなかいいしばしぐみ》の美園と合わせて、関西ヤクザのエースと名高い。遠く離れた関東の情報であっても、大滝組幹部に関《かか》わる事項であれば早急に報告されるはずだ。

『やっぱり本当なのか。……なにがあった』

「どこまで噂になってるんだ」

『北関東で揉めごとがあった話は聞いてる。抗争に発展しかねない事件を、岩下と嫁が、押さえたんだろう？』

「……ちょっと違うな」

湿った髪をヘッドボードに預け、引き寄せた煙草に火をつける。

『声が遠い。ハンズフリーだろ』

「酔ってるんだ。大きい声は出せない。……男の声を耳元で聞くのも嫌だ」

『近々、東京へ行く。出てきてくれ』

偉そうな誘い方だ。岡村は表情を変えずに、煙を吐き出した。

携帯電話を手に取り、水平にして口元に引き寄せる。

「横浜まで来いよ。呼びつけるな、なに様だ」

強い口調で言い返す。すると、電話の向こうで道元が怯んだ。

桜河会は京都で一番の組織だ。西を牛耳っている高山組《たかやまぐみ》にも屈せず、独立を守っている。

その組織の若頭補佐のひとりといえば、若手でも地位は高い。

大滝組の一構成員に過ぎない岡村とは立場が違う。

しかし、ふたりには関係のないことだ。岡村は、短く息を吐いて笑った。

「道元。あの人はそっちに流れたんじゃないのか」

佐和紀を関西に呼び寄せようとしていたのは、美園と道元だ。

佐和紀をオヤジたちに侍《はべ》らせるのかと思うと、虫唾《むしず》が走る。

岩下と佐和紀が別れた原因も、そこにあるのかもしれないと岡村は思う。

力試しをしたい佐和紀と、ケガを恐れる岩下。

離婚だけでなく荷物の処分までしたのは、佐和紀が岩下の意向に背いたためとも考えられる。

いくら、岩下が寛大な夫だとしても、嫁がハニートラップの仕掛けに使われるとわかっていて行かせたりはしないはずだ。評判を落とすことがあっても上がることはありえない。

『うちには来てない』

道元が真剣な声で答えた。

『美園に、離婚の真相を聞いたら、同じ質問を返された。俺が隠していると思っていたみたいだ。もしも、岩下の怒りを買って身を隠しているのなら、早めに匿《かくま》いたい』

岩下と仲違《なかたが》いしても、岡村とは連絡を取り合っているはずだと思い込んでいる。

これまでの佐和紀と岡村を知っていれば当然だ。

「勝手に話を進めるなよ。居場所なんか、知らない。知らないんだ」

うんざりとした気分で岡村が言うと、

『……じゃあ、今度、あらためて聞くから』

道元はあっさり引いた。いまはそういうことにしておく、と言いたいのだ。岡村の言葉を初めから信用していない。

「ホテルの部屋を取るなよ」

釘《くぎ》を刺すと、電話の向こうの道元ははっきりと動揺した。

『俺は、と、泊まるんだから……』

「うちの店に来いよ。若い男でも女でも接待させてやるから。……なんなら、俺も含めて三人でするか」

『乱交の趣味はない』

冗談に対して、道元の声は固い。しかし、硬派でも堅物でもない。道元はそれなりに遊んできたタイプで、女関係もヤクザらしく派手だ。

「目覚めさせてやれば、文句ないんだろ」

岡村はひっそりと笑う。道元が、ぐっと黙り込んだ。

「おまえが犯《や》られてるところを見ながら飲んでも、たいしてうまくないだろうけどな」

『じょ、冗談……。言うな、よ……』

乾いた笑いでごまかそうとする声が、かすれて聞こえる。

意地の悪い笑みをくちびるの端に乗せ、岡村は、やはり岩下のことを思い出した。

岩下もよく口にしていたからだ。彼の場合はたとえ話ではなく、実際に目の前で女を抱かせた。酒を飲みながら一部始終を見物して採点するという悪趣味の極みだ。

岩下の舎弟で、洗礼を受けていない人間は皆無だろう。

「たかだか電話ぐらいでサカってんじゃねぇぞ」

煙草の煙を吐き出し、口元に近づけた携帯電話のマイクに向かって声を低くする。おもむろに電話を切り、そのまま布団の上へ投げ出した。

もう一度かかってくることはない。道元との仲は、その程度だ。

岡村に対して、精神的な支配と虐待を望んでいる道元だが、同性愛者ではない。女が好きなヘテロで、基本的な性癖はSだ。潜在的なマゾヒストだからこそ、女を支配したがる。権力者でありサディストな自分が雑に扱われるというシチュエーションに興奮する倒錯趣味だ。

何度かそういうプレイを共有したが、岡村が挿入したことはなかった。もちろん逆なんてありえない。

「好きでやってんじゃない……」

ため息をこぼし、携帯電話を手に取った。

道元の変態行為に付き合うのは、佐和紀のためだ。関西の情報を引っ張るためのルート作りでしかない。

同じビジネス絡みなら、中華街の情報屋・星花《シンファ》を相手にする方が何倍もマシだ。男だが、顔も身体もきれいで、床上手。許してやれば、何時間でもしゃぶっている淫乱だ。

携帯電話の画面に呼び出した連絡先を眺め、岡村は眉根を寄せる。コールせずに、そのまま画面を消した。

酔いがすっかり薄れたむなしさから、誰かに会いたい気持ちになっている。しかし、セックスは面倒だ。抱くのも搾られるのも、今夜はいらない。

片膝を抱き寄せ、あごを乗せながら煙草を吸う。頭の片隅には、常に佐和紀の姿がある。どこにいるのか、なにをしているのか、危険に陥ってはいないかと、心配が募る。

しかし、感情は複雑だ。優しい気持ちの裏側には、言い知れぬ闇がある。

捨てられたと感じる悲しみは、いつしか怒りになり、恨みが芽生えていく。

ゆるやかに紫煙をくゆらせ、岡村は携帯電話の画面を操作した。

選んだのは、ひとりの女だ。『セックスフレンド』でも『愛人』でもない。ましてや『友人』でもなかったが、『知り合い』よりは近しい間柄だ。

コール三回で電話が繋がる。陽気な応対がスピーカーから流れ、岡村はホッとした。

「眠れなくて……。泊めてもらえないかな」

出し抜けに言うと、女の声に明るく笑い飛ばされる。

相手は、岩下のオフィスの受付嬢・静香《しずか》だ。三十代半ばで、三人の子どもがいるシングルマザー。長い髪とボディコンシャスなスーツがトレードマークで、化粧映えのする派手な美女だ。

『いま、どこにいるの？』

「家にいる」

岡村の返事を聞いて、また笑う。

『酔ってるんでしょう。来てもいいけど、タクシーでね。なにか食べる？　作って待ってるけど……』

「なにもいらない。すぐに行く」

電話を切って立ち上がる。服を着ながら、タクシー会社に配車依頼の電話をかけた。

ちょうど近くを流していた車が見つかり、五分もしないで乗り込んだ。静香の家までは三十分かからない。

駅に近い大型マンションの中層階だ。エントランスでオートロックを解除してもらってエレベーターに乗る。コの字型の廊下を突き当たった端のドアが開き、すっぴんの静香が顔を出す。化粧をしていなくても、じゅうぶんに魅力的な大人の女だ。

十一月の夜風に肩をすくめ、せわしなく手招きをしている。

つられて、岡村の歩調も速くなった。

「本当に家にいたの？」

ジャージのズボンにトレーナーを着た岡村のラフさに、静香はあっけらかんと笑う。部屋の中に引きずり込まれ、ドアに鍵がかかった。

「入って、入って」

静香に背中を押されて、廊下をまっすぐに進む。訪れたのは初めてじゃない。その先がリビングであることも、３ＬＤＫであることも知っている。

「子どもたちは？」

肩越しに振り向きながら聞く。

「下のふたりは、とっくに寝たわ。翔琉《かける》はそこ」

言われて、横長に広がるフロアのリビング側を覗《のぞ》く。少年がひとり、家庭用ゲーム機を片づけているところだった。

「岡村さん、こんばんは。俺はもう寝ます」

ハキハキと挨拶《あいさつ》する翔琉は高校生で、第一印象は、しつけの行き届いた行儀のいい少年。本性は別にある。

「今日は泊まっていくから、明日の朝、話をしようか」

岡村から声をかけると、にやっと笑って肩をすくめた。

「悪いコトなんて、なーんもしてませんよ。ちょっと遊ぶぐらいで」

そう言って、母親に見えないように小指を立てる。悪いフリをしたい年頃だ。本当の悪さをしているかどうかは、目を見れば判断がつく。

「……ゴム、使えよ」

助言できることはそれだけしかない。翔琉の年頃の女遊びはたかが知れていて、心配なのは妊娠と性病だ。

翔琉は素直にうなずき、岡村に近づいてきた。

「俺、この前七十五人目とやった」

いたずらっぽく言って小首を傾《かし》げる。

「……ひとりと、七十五回やれよ」

岡村はあきれながら答えた。数より質だと言っても、まだわからないだろう。人からセックスを強要されたこともないのだから、むなしさを知るのは、まだまだ先の話だ。

「岡村さんは、母さんと何回……」

毎回繰り返す、くだらない質問は、今夜も最後まで言えなかった。静香の手が伸びてきたからだ。いつのまにか近くにいて、容赦なく翔琉の耳を引っ張った。

「つまらない自慢はいいから、寝なさい。明日も学校でしょう」

「つまらなくないだろ……。トップランカーだよ、俺」

翔琉は堂々と胸をそらす。

ふんぞり返った姿に幼さが残り、母親の静香は額を覆ってため息をついた。

長い髪を低い位置でポニーテールに結び、綿のパジャマの上にキルティングのローブを羽織っている。化粧っ気がないときは、サバサバとしたハンサムな女だ。

「ほんと、男ってくだらないわ。年齢なんて関係ないんだから……」

子どもを寝室へと追い立てた静香が戻ってくる。

口では悪く言っても、実際はあきれているだけだ。言葉ほど、バカにしていない。

千人斬《ぎ》りを目指している翔琉にしても、女を見下すことは絶対になかった。

男運がすこぶる悪い静香の子どもは、三人とも父親が違う。しかし、コミュニケーションが行き届き、良好な家族関係を保っている。

岩下のオフィスに勤め、秘密保持の特別手当を含んだ給金を、じゅうぶんすぎるほどもらっていることも大きな要因だろう。会社は実質上のペーパーカンパニーだ。金が右から左に流れていくだけで事業の実態はない。

岡村は彼女の相談相手だった。岩下から指示されてのことだが、仕事の感覚はまるでなく、子どもたちを交えて食事をしたり、遊園地へ行ったりしてきた。

そうしていれば、静香に近づこうとするクズ男はいなくなる。

「本当に、なにも食べない？　簡単なものなら」

缶ビールを渡され、テーブルの上にスナック菓子が並ぶ。

「これぐらいのつまみでいいです。けど……。明日の朝、泣かれたりしないですか、コレ」

どう見ても、下の子どもたちのおやつだ。次男の奏汰《そうた》は中学生で、三男の悠人《ゆうと》は小学校高学年。まだまだ、おやつを奪われたときの恨みは大きいだろう。

「相手が慎一郎くんなら平気よ。いままで、たくさん買ってもらってるんだから」

「じゃあ、また買って返すってことで……」

言いながら、ポテトチップスに手を伸ばす。飲み屋で食べることを思えば、どれに手をつけても激安価格だ。

しばらくは子どもたちの近況とおやつを肴《さかな》にビールを傾けた。田辺とバーで飲むときの雰囲気とはなにもかもが違っていて、岡村はリラックスした気分になる。ソファの足元にもたれた。

「浮かない顔、してる」

ソファの上で足を崩した静香が、顔を覗き込んでくる。

「こんな夜中に来るなんて、珍しいんだもの。変だと思うわよ、誰だって」

静香はそう言ったが、女の勘の良さは侮れない。

「ひとりでいたくなかっただけだよ」

岡村は薄く笑って答えた。

「……ちょっと、やつれたんじゃない？　ちゃんと、食べてる？　お酒はごはんじゃないのよ」

「食べてるよ、食べてます」

「本当に？」

うたぐり深い声で言った静香が、ソファの座面から床へ、するりと下りてくる。隣で膝を揃え、手に持っていた缶ビールをテーブルへ置いた。片手が岡村のあごの下をかすめて伸び、顔を引き寄せられる。

「居場所がわからないから、追わないの？」

真面目《まじめ》な声で問われ、ごまかせなかった。女の真剣な瞳《ひとみ》は嘘《うそ》を許さない。これがセックスをしているだけの相手ならかわせるが、静香とは付き合いが長すぎて無理だ。

最後までしたことがないだけで、互いに酒に呑まれた挙げ句の失敗は何度かある。それでも、いつのまにか姉と弟のような関係に収まってしまった。疑似家族の真似《まね》を定期的に続けていると、他人と家族の境界線はあやふやになってしまう。

「……どうなんですかね」

頰を引き寄せられたまま、岡村は視線をさまよわせた。右へ左へ。そしてうつむく。

「わかったからって、簡単には追えない。……あのふたりが別れたのも、書類上の話だ。きっと元に戻る。だから、俺は動けないじゃないですか」

「仕事があるから？」

静香の問いにうなずくと、頰に当たっていた手がずり落ちた。

岩下から任されているデートクラブの収益は、佐和紀の今後の活動資金に充てられる予定だった。いっぱしのヤクザになるには金がかかる。

「……必要とされてないんです」

思わず言葉がこぼれてしまい、岡村は自分でも驚いた。ハッと息を呑んで、静香から顔を背ける。

デートクラブの仕事については、支配人を社長職の代理に立てることも不可能ではない。すべては必要とされていない現実から逃げるための言い訳だ。

「そんなことを考えて、沈んでたの？」

なにげない一言が胸に突き刺さった。『そんなこと』なんて軽い言葉で片づけられたくない。しかし、そう言えなくて黙り込む。

自分以外には理解できないだろうことはわかっている。

思えば、初めから危うい関係だった。

どんなに求めても、佐和紀は他人の妻で。

そして、その亭主は、よりにもよって、どうあがいても勝てないと知っている兄貴分で。

佐和紀から性的にからかわれても、岡村からの冗談は許されない。

あやふやな基準に反してしまい、理不尽に機嫌を損ねることもあった。そんなときでさえ、身勝手だと非難できないぐらい特別な相手だ。

無神経な言葉で自尊心を傷つけられても、そばにいることを許されたら、一瞬にして忘れてしまう。

身体を繋がず、肌にも触れない。だから、気持ちはいっそう純化して、プラトニックこそが至高の愛のように思えた。

愛され、必要とされているのだと、思い込んで疑わなかった。

「慎一郎くん。岩下さんと支倉さんが、あなたを組に戻そうとしてることを知ってる？」

「え？　いや……」

そう言ったきり、言葉が出てこない。

「ふたりは追って欲しいんじゃないの？　慎一郎くんが仕事を理由に動かないと思ってるのよ」

「そんなに優しい人たちだと思いますか」

問いかけながら、身体中の毛が逆立った。くちびるがわなわなと震え、床の上で片膝を抱く。

「デートクラブの社長を辞めさせられたら、組事務所の仕事に逆戻りだ。……佐和紀さんを探す資金も得られない」

「それならいっそ、いまのうちに」

「だから……っ！」

膝を抱えたまま、岡村は叫んだ。くちびるを噛み、それでも耐えられず奥歯を噛む。身体がぶるぶる震えて、止まらなくなる。

佐和紀に捨てていかれただけでも崩れ落ちそうな世界に、岩下と支倉は、容赦のない追い打ちをかけようとしていた。

出奔に気づかなかったことを責めるような仕打ちだ。

岡村は憤りを覚え、顔を歪《ゆが》めた。激しい感情は、胸の中で渦を巻き、岩下と支倉を飛び越えて佐和紀へ向かう。

「佐和紀さんは自分勝手なんだ。いつだって、自分のことしか考えてない。俺の気持ちをわかってるような顔で振り回して……。あんな人、好きになるんじゃなかった」

「ねぇ、ちょっと……」

戸惑った静香になだめられそうになり、岡村は肩を引いた。

「どこにいるのか、本当にわからないんですよ。アニキとの間になにがあったのかも知らない。本当に……本当に、戻ってくるのかも、俺は知らない、のに……」

息が喉に詰まり、視界がぼやける。けれど、涙はこぼれなかった。悲しみや怒りの感情の方が速くて、涙が追いついてこない。まるで佐和紀と自分だと思う。

追いつけないのだ。いつだって背中を見つめるばかりで、佐和紀の成長に手が届かなくなる。

「……探す手立ては、あるじゃない」

慰めようとする静香の声は願望を含んでいる。そうであって欲しいと思うのだろう。

「ないわけじゃ、ないですよ」

首筋を引きつらせた岡村は顔を歪めた。

「でも、俺を待ってるわけじゃない。もう誰かが隣にいて、あの人を支えてるかもしれない。……追いつけないんです。俺は……、ずっと……、いまのままでいたかった……」

岩下に守られながら、岡村に頼る。そういう佐和紀を望んでいた。

「俺のこういうところが、気に食わなかったんだと思う」

「言われたら、首を吊《つ》って死にます。……黙って消えたのは、せめてもの情けだ」

「言われてもないでしょう」

「慎一郎くん……」

言葉を探す静香の手が肩甲骨に押し当たる。さすりながら、首まで上がり、そっと首の付け根を掴まれた。

「かわいそうに」

小さなささやきが耳まで届く。女の憐憫は、男の同情とは比べものにならないほど優しく聞こえ、若い女にはない大人の女の成熟した匂《にお》いが寄り添ってくる。

ローブ越しの胸がトレーナーを着た腕に当たり、ブラジャーをつけていない乳房の豊満さを思い出す。

吐息を耳元に感じたときには、くちびるが押し当たっていた。

「……する？」

耳元へのキスで誘ってくる静香から逃れ、岡村はまるでウブな童貞のように顔を背ける。

「岩下さんが決めたら『絶対』よ。……知ってるでしょう」

痛々しげな静香の口調に、岡村は顔をしかめる。

結局は、あきらめるしかない。

佐和紀に置いていかれ、岩下には仕事を取り上げられるのだ。

それもこれも、右腕として連れていってもらえなかった自分の未熟さが原因だろう。もっとうまくやるべきだったと後悔しても、その手段は考えつかない。

たとえ時間が巻き戻っても無駄だ。それならいっそ、佐和紀に出会う前の自分に戻して欲しいと思う。

きっと、今度は間違わない。好きになんかならない。

そう決意する裏側で、何度でも巡り合いたいと願う本心に打ちのめされる。

もう一度、出会いからくり返して、確かに存在した信頼関係を味わいたい。

甘えたように意地悪く笑う佐和紀を、岡村はいまでも見ていたかった。

2

静香の部屋に泊まった三日後、デートクラブのオフィスに珍しい来客があった。

支配人の北見《きたみ》に案内されて現れたのは三井《みつい》だ。ひょいと顔を出し、手を振ってみせる。肩につく長い髪が揺れた。

「邪魔だから、追い返してくれ」

真顔で言って、デスクの書類に視線を戻す。

「うっわ！　ひでぇ……っ」

つれなくされても平気な三井は、遠慮なく部屋に入ってきた。礼を言われた北見が退室すると、ソファにどさりと座り込む。あいかわらずのチンピラぶりだ。この男だけは何年付き合っても雰囲気が変わらない。

「おっしゃれ～。アニキが働いてたときのまま？」

カフェ風に設《しつら》えられたオフィスは、チェアとテーブルが点在している。落ち着いたブラウンカラーで統一され、奥に据えられた社長デスクは、コンシェルジュ・ブースのようだ。

「忙しいの？」

のんきに聞いてくる三井を無視して、目を通した書類に判を押していく。

ほとんどが各部署から上がってきた報告書だ。

デートクラブの呼び名は便宜上の総称で、実質的には、さまざまなクラブを統括している。健全な付き合いを斡旋する『交際クラブ』に、異職種交流のパーティーを主催する『社交クラブ』。どちらも表向きにはカタギのビジネスだ。

裏側に回ると、ＶＩＰ相手に売春をする『デートクラブ』があり、乱交パーティーやカジノパーティーを主催する『サロンクラブ』がある。それぞれは複雑に絡み合い、非合法なやりとりを隠す隠れ蓑《みの》になっていた。

稼ぎ出す売り上げはかなりの金額だが、黒い金を白くする仕組みも見事に構築されていて、すべてが前職の岩下によって組まれたものだ。社長の座に座ってみると、そのすごさが身に染みてわかる。なによりもすごいのは、事業を堅実に拡大させたことだ。

人を選んで適所に据え、信頼して仕事を任せる度量がなければ破綻《はたん》する。やはり、岩下には人を見る目があり、裏切りを許さない冷酷さと、徹底的なフォローを欠かさない配慮が絶妙に組み合わさっている。

ヤクザな社会にいなくとも実業家として成功できる才覚だ。しかし、彼は表舞台を選ばない。成功するために最も大事な『我欲』がなかった。

デートクラブを作ったのも、兄貴分の岡崎《おかざき》が大滝組若頭の職に就くためで、金庫番を務める以上の理由はない。岩下の若頭補佐職にしても本人が望んだものではなく、バックアップ体制を維持するためと勧められてのことだ。

「シンさーん。ノド渇いた」

「帰れ」

のんきな声に、間髪入れずに冷たく返す。しかし、相手は三井だ。

「なーなー、何時に終わる？　久しぶりにメシでも行こうよ」

ソファから立ち上がり、フラフラと近づいてきたかと思うと、ビジネスチェアの肘掛けに座ろうとする。

手のひらで力任せに押しのけ、ついでにバチンと叩《たた》いてやった。わっと叫んだ三井はゲラゲラ笑ってテーブルの端に逃げていく。

それが、三井なりの優しさだということはわかっていた。わざと騒がしくして、岡村の落ち込み具合を探っているのだ。

「終わったら連絡を入れるから」

書類に視線を落としたまま言うと、

「そんなこと言って放置するだろーが……。なぁ……」

床を蹴《け》った三井の声が小さくなる。言葉が続かずに沈黙が流れ、耐えきれなくなった三井がふたたび口を開いた。

「シンさん、知世のところにさ……、顔、出してる？」

沈黙を逃れるために持ち出したにしては、重い話題だ。暴行事件から約一ヶ月。意識不明の重体から生還した知世は、まだ入院している。

北関東にある壱羽組《いちばぐみ》の次男だが、事件の前には、佐和紀の了承も得て世話係を辞め、カタギに直ったばかりだった。彼を狙《ねら》ったのは、実家の代理組長を務める実兄だ。

事件直後は病室の前に警察官が立つほどだったが、麻薬の売買に関わっていた兄が自殺したあと、警戒態勢は解かれた。

「来ないでくれって、言われたんだろ？」

岡村の答えを待っていない三井は、勝手に話し出す。

「それって本心じゃないよ。……あいつ、いまでも、シンさんのことが好きだろ。好きなんだよ」

「それで？」

そっけなく言うと、

「もー、その態度やめてくんないかな！」

三井は叫びながら地団駄を踏んだ。

「いつまで落ち込んでんの？　仕方ないじゃん。いなくなったものはさぁ！」

オフィスに入ってきてから、この瞬間までの気づかいを、みずから無駄にしてしまう。

岡村は眉根をひそめた。それでも顔は伏せたままだ。

「俺にツンケンするのはいいけどッ！　やることやらないと、知らないんだからな！」

子どものケンカのようなことを言われ、ようやく書類から目を離した。顔を上げて、まっすぐ見つめる。

三井は意表を突かれたようにたじろいだ。

「う……」

「やることってなんだ？」

三井もまた、静香と同じ噂を耳にしているのだろう。

岡村が組事務所の仕事に戻されるという話だ。同時に『無能』の烙印《らくいん》が押される。場合によっては岩下の管轄からはずれることにもなるだろう。

実際は、盃を返しているも同然だ。佐和紀に命を預けるため、暇乞《いとまご》いをして許されている。岩下の舎弟として行動しているのは、便宜上、都合がいいからだ。

「……知世はさ、無茶をしたけどさ。本人が納得してるし、これでよかったんだと思ってるよ、俺。……結果としては、さ」

三井が弱いため息をつく。デスクの端に両手をついて、がっくりとうなだれた。

誰よりも明るく振る舞うのは、誰よりも傷つきやすいからだ。命がはかなく、心が壊れやすいことも三井は知っている。学力が低くても、周囲が思うほどバカじゃない。

「なんで、話してくれなかったんだろうって思うんだ。知世はさ、他にもやり方があっただろ。俺にも佐和紀にも相談しなくてさ。……ひとりでなんでも背負《しょ》い込まれたら、せつないっていうか、自分が情けないっていうか」

「……そんなことを俺に言いにきたのか」

「悪いのかよ」

くちびるを尖《とが》らせて、鼻筋にシワを寄せる。

まだ心の整理がついていないのだろう。

知世が大ケガを負って死にかけたことも、佐和紀が消えてしまったことも。

解決してやれなくても寄り添ってやることはできると、三井はいつもそんなふうに優しい。同情を愛情だと勘違いして、からだを売るしかないような女に入れ込んでは利用されて傷つく。

ヤクザのくせに、と言われても、三井の性分は変わらない。

「あいつの考えがイマイチ、ワケわかんないのは、俺がおっさんになった、ってことなのかな」

三井がぼやき、岡村はデスクに肘をついて、あごを支えた。

「……ユウキに、言われたのか？」

「まぁ、そんなとこ」

樺山祐希《かばやまゆうき》は、デートクラブの元男娼《だんしょう》だ。身請けされて養子に入ったが、ヤクザの恋人がいるので、こちら側との縁は続いている。

知世の身の上に同情して、入院中の付き添いから、今後の面倒までを請け負っていた。

「あんなケガ……、どう考えても、必要なかっただろ」

「それは、知世が決めることだろう」

岡村は正論を言って聞かせる。しかし、釈然としていない三井は、せわしなく視線を泳がせた。気になっているのは、そのことだけではないのだろう。

どこまで勘づいているのかと思いながら、岡村は目を伏せた。

真相は明かせない。

知世のケガには、複合的な要素が多い。そもそもは北関東で暗躍する女の目を佐和紀からそらし、同時に、女が糸を引いている薬物売買の実態を明らかにするためだった。女の名前は、由紀子《ゆきこ》。岩下に因縁のある相手で、佐和紀も多く恨みを買っている。

囮《おとり》になりたいと申し出たのは、女との因縁を知った知世自身だ。岡村を通して、岩下に直訴した。

佐和紀をターゲットにされないためだったが、まさか、あれほど執拗《しつよう》で陰惨な暴力を受けるとは思わなかった。囮といっても、注意をそらす程度のことだと予想し、危機的な状況になれば、保護するつもりでいたのだ。

正確には『保護される』と思っていた。問題が岩下の手に移ったからだ。

佐和紀が大事にしていた世話係のひとりを見捨てるようなことはないと、前提条件を信じ切っていた。

岩下の思惑を確認する必要は感じなかった。下についていたときの癖だ。誰が死んでも、生き延びても、すべては岩下の胸先三寸で決まり、従っていればそれでよかった。

自分のするべきことをしていれば、与えられた役を果たしていれば、あとは自然とうまくいく。岩下班と呼ばれる舎弟たちの大前提だ。

「俺さぁ……、シンさん」

暗い声色の三井に呼びかけられる。岡村は耳を澄ました。

「知世が、あんな目に遭わなかったらさ。佐和紀は、どこにも行かなかったんじゃないか、って、思うんだよな」

言葉が刃物のように尖り、岡村の胸を突く。衝撃を受けた両肩が、わずかに上がる。

しかし、うつむいている三井に気づかれることはなかった。

「アニキは『勝負に出た』なんて言うけどさ、それはまぁ、納得できるけど。でも、やっぱりさ……。アニキと別れて行かなくてもよくない？」

「大滝組の看板は背負っていけない」

関西ヤクザと一緒に暴れるなら、岩下の看板は邪魔になる。佐和紀がミスをしたら、岩下だけではなく、大滝組にまで責任が及ぶ。『安全』と『身軽』は共存しない。

だから、以前のように、暴れん坊のチンピラとして動くため、背負ったものすべてを捨てたと考えれば説明はつく。

「佐和紀さんが、現実から逃げたとでも言いたいのか。おまえじゃあるまいし」

「俺は逃げてないだろ」

不満げに言った三井がくちびるを尖らせる。

「頭じゃ理解できてるよ。さっき、シンさんが言ったみたいに、うちの看板背負ったままじゃ、向こうに行けないってのはさ……。でも、なんで、いまなんだよ」

「なにが言いたいんだ」

「知世はさ、わかってたんじゃねーのかって、さ……」

三井が苦しげに息を吐き出す。

「なにをだ。自分が兄貴に殺されるってことか」

「いや、それだけじゃなくて……。佐和紀がひとりで行くだろうって、あいつは知ってたのかも、って。……だってさ、なんで……。なんで、ひとりで……」

三井は言いにくそうに声をひそめた。その先を促さず、岡村はまた書類へと視線を落とす。意識していないと、身体が震え出しそうだった。

「知世に責任はない」

ようやく絞り出した声は、低くかすれる。

知世の選んだ不幸の理由と、佐和紀の消えた理由。

そのふたつを繋ぎ合わせれば、三井は納得がいくのだろう。

しかし、知世を生贄《いけにえ》にした岡村と岩下の決断を知れば、また深く傷つく。

知らずにいることが幸せなこともある。

佐和紀はどうだったのかと、ふいに考え、岡村は行き詰まる。

自分の代わりに、知世が生贄になったことを知ったのか。それとも、知らないままなのか。

岩下は、自分自身の罪を隠すために、佐和紀を自由にさせたのかもしれない。

可能性はじゅうぶんにある。

そうすれば、ふたりはまた元に戻れるからだ。ほとぼりが冷めて、すべてが過去になる日は来る。『夫婦』という枠に収まらなくても、岩下は佐和紀を取り戻し、ともすれば、自由を許した代償に、もっと深く愛されるのかもしれない。

「シンさん……？」

怯《おび》えたような三井の呼びかけで、我に返る。

岩下と佐和紀の間にある普遍的な関係を『夫婦の絆《きずな》』だと言われたら、嫉妬《しっと》で、頭の中がどうにかなりそうだ。

自分となにが違うのかと考えるたび、肉体関係のあるなしだと思う。いたたまれないのは、まだ傷つく自分自身を知ることだ。あきらめたと繰り返すたび、佐和紀が欲しくなる。

あの目、あの指、あのくちびるで求められる一瞬を思い描く。

これも欲望だろうか。存在価値を認められたい。ただそれだけの慈悲を求めることも、肉欲に帰結するのか。

佐和紀を抱けば、岩下との絆を壊せるわけではない。そんなことはもうわかりきっている。それなのに、いつまで経っても嫉妬から抜け出せない。

「明日、知世の様子を見に行ってくる」

顔を伏せ、岡村は言った。

「本当に忙しいから、メシは今度にしてくれ。なにか、飲んでいくか」

内線の電話に手を伸ばす。「ビール」と答えた三井の声はほがらかだった。

＊＊＊

知世が入院しているのは、最新の設備が整った大病院だ。どこもかしこも明るくて、高級リゾートホテルよりもすがすがしい。

ユウキの養父・樺山の口利きで、個室に空きを作ってもらっている。本来なら資産家や著名人しか利用できないフロアだと岡村に教えたのは田辺だ。

知世の事件では、田辺も貧乏くじを引かされている。

周平から、カタギに直った知世を任されたのが田辺だ。GPSを用意して、万全の態勢を整えたが、周平と岡村は起こる事態を知っていた。

知世の危機は、あらかじめ用意された筋書きであり、田辺はなにも知らずに動いた駒《こま》のひとつに過ぎない。こういうときのために、田辺は足抜けを許されたのだ。

都合よく利用されていても、必死に動くしかない。

田辺が預かった知世は大学へ通い出してすぐに狙われた。拉致《らち》される可能性は知らされていたから、田辺は原則に従い、すみやかな連絡を行った。

失態であろうが、失敗であろうが、起こった事態は、対処方法とともに逐一報告をする。

これが岩下班の原則だ。

今回、田辺はなにも失敗していない。青年をひとり任され、予定通りに奪われた。仕事として最も重要だったのは、筋書きが佐和紀に露見したとき、知世が拉致された責任をすべて負うことだ。

田辺に対して、佐和紀は良い感情を持っていない。だから、岩下の代わりに嫌われても問題がない相手だ。

スーツを着た岡村は、吹き抜けのロビーを通り、エレベーターに乗った。

病室のあるフロアで降りると、すぐにナースステーションが目に入る。さりげなく立っていた男性看護師が近づいてきた。

訪問者カードを書くように頼まれ、以前訪れたときとは違う偽名と連絡先を書く。見舞い相手である知世も偽名で入院している。

病室は知っていたが、初めて来たふりで確認した。

教えられた病室の前に立ち、岡村は硬い表情をゆるめた。引き戸をノックすると、すぐにユウキが顔を出す。訪問時間は連絡済みだった。

元からかわいい顔立ちをした男だが、デートクラブを辞めてからは磨きがかかり、会うたびに驚かされる。飲む水が変われば、中身から変わっていくのだろう。子どもっぽさはすっかり薄れ、大人の落ち着いた雰囲気が身についている。

「コーヒー、買ってくるね」

にこりと微笑《ほほえ》んだ顔を愛くるしいと思うのは、岡村が、かつてのユウキを知っているからだ。初めて見れば『きれい』と感じる。

入れ違いに出かけるユウキを見送り、岡村は広い病室のリビングゾーンに向き直った。布のパーティションが立てられ、ベッドの足元が見えている。

個室だから、ベッドはひとつだ。

パーティションの向こうを覗くと、知世がベッドを起こして座っていた。清潔な白いリネンの布団が足元を覆っている。

「……岡村さん」

名前を確かめるように呼びかけられる。知世は柔らかくはにかんでいた。

痩《や》せた首筋がほっそりと長く、曲線的なユウキと比べると、直線的で繊細な顔立ちをしている。その左頬には大きなガーゼが貼られていた。

隠されているのは、知世の兄がつけた刃物傷だ。

頬骨の端からくちびるのそばまで、なにの迷いもなく切りつけた線が伸びていることを岡村は知っていた。まだ知世の意識が戻らないときに確認したからだ。

「様子を見にきた。……タカシがうるさいから」

三井を引き合いに出して言い訳をする。見舞いに来ないで欲しいと言っていた知世は、肩をすくめた。

頬に傷があるせいで、大きな表情は作れないのだろう。うっすらと浮かべたのは苦笑だ。

ベッドのそばに置かれたイスを手のひらで勧められ、岡村は黙って腰かけた。知世から見て右側、顔の傷が見えない位置に、窓を背にして座る。

「退院したら、軽井沢《かるいざわ》へ行くことになりました」

知世がゆっくりとした口調で話し出す。

「軽井沢？　あぁ、別荘か」

樺山がユウキのために購入したのは、傾斜を利用して建てられた三階建ての洋館だ。『祐希』の漢字から一文字取って『天祐荘《てんゆうそう》』と名づけられた別荘には、岡村も寄せてもらったことがある。

あれは、岩下と佐和紀も一緒の、夏の避暑だった。思い出が甦るのを押し殺し、岡村は無表情になる。

知世の場合は、療養を兼ねた時間調整だ。ユウキと樺山が暮らしている家に入る準備が整うまでの繋ぎだった。

「話が、あるんですか」

岡村の方を見ようとせず、知世はうつむきがちに言った。

声は静かだ。極めてフラットな感情が伝わってくる。しかし、あえてそうしているようにも見えた。

会うとつらくなるから来ないでくれと、知世はユウキを通じて伝えてきた。

他の誰がよくても、岡村だけは拒みたかったのだろう。想いを寄せられていることは知っていたから、言われるがままに距離を置いた。

知世が負った傷は、顔だけじゃない。身体中を痛めつけられ、性的暴行で内臓までもが傷ついていた。心の傷はどれほどのものかと思う。

乗り越えられずに精神を病みはしないかと、知世を知る誰もが心配している。三井もユウキも。岡村ももちろん例外ではなかった。

「しばらく、会えませんから……。なんでも聞いてください」

知世に促され、岡村は背筋を伸ばす。

「……なにから聞けばいいのか、わからないな」

それが本心だ。しかし、いまを逃せば問うこともできなくなる。

知世は軽井沢へ逃れ、樺山の庇護《ひご》下に入る。会おうと思えばいつでも会えるが、真実を問うには、タイミングがある。遅くなるほど、意味をなさない。

「あの人が……、佐和紀さんがどうしていなくなったのか。知ってるだろう？」

優しい声で問いかけると、知世の肩がかすかに緊張を帯びた。隠していてもわかる。

岡村は、わざわざオフィスまでやってきた三井の言葉を反芻《はんすう》した。

『佐和紀がひとりで飛び出すことを、知世は知っていたのではないか』

だとしたら、どうだというのか。

答えは出ないまま、三井に問い直すこともできなかった。

誰もが断片的な答えしか持っていない状態だ。手の内を明かせば、不用意に傷つき、傷つけてしまう。

あの日の三井は、やけに明るく振る舞い、傷ついていないふりをしているように見えた。

岡村は、真実を知ることで三井が傷つくと思い、岩下と一緒になって知世を利用したことは言わなかった。けれど、三井はもうじゅうぶんに傷ついている。

知世が死にかけ、佐和紀が消え、岩下は離婚した。

岡村と岩下が、知世を見殺しにしようとしたことも知っているのかもしれない。

そのことについて、三井の反応を見極めるタイミングはすでに逸している。もしも、傷つき抜いて浮上したあとだったなら、あの言葉はなにを示唆するのか。

岡村は静かに目を伏せた。

「関西のいざこざに加わるなら、下準備はできたはずだ。あんなふうにいなくなるなんて、誘拐を疑われてもおかしくない」

しかし、誘拐や拉致の可能性はない。舎弟たちに対して、岩下が出奔を断定したからだ。一時的な家出ではないと宣言することで、佐和紀を探す必要はないと、周りを黙らせた。

「アニキは理由を知っているんだろう」

それを岡村が直接、岩下へ尋ねることはできない。聞いたところで無駄だ。

「俺に、聞かれても……」

知世の声は消え入りそうに小さかった。

「知世。おまえは、知ってたんじゃないのか。……兄が自分をどう扱うか。知っていて、どうして」

「言いたくない」

声が震え、知世は顔を背けた。

傷のついていない頬は、青白く見えるほど肌が白い。きれいな横顔だ。清廉さが、佐和紀にどこか似ている。

けれど、中身は別物だ。

佐和紀は絶対に、岡村を好きにはならない。

「じゃあ、質問を変える」

岡村は静かに言った。

三井はどうして、あの日、自分を見て話をしろと言わなかったのか。

岡村がどれほど傷ついているのかを確かめ、慰めようとしなかったのか。

三井からの慰めを求めているわけではない。三井らしからぬ行動だと、気づくべきだったといまさらのように思うだけだ。佐和紀のいない悲しみと怒りと、離婚してもまだ愛される岩下への嫉妬が、岡村の理性を揺さぶり、冷静になろうとしても、なれない。

「……俺より、佐和紀さんを選んだのか」

言った瞬間、知世の肩が大きく揺れた。膝の上の手が、布団を強く握りしめる。

岡村は小さな絶望を感じ、目の前の知世を見知らぬ他人のように思った。

裏切られたと、そのとき、初めて気がついた。

「あの人が、チンピラに戻りたいって言ったのか。身軽でいたいから、看板をはずして身ひとつで出たんだろう。……佐和紀さんは、誰を頼って行ったんだ」

ベッドの柵《さく》を掴んで、岡村は身を乗り出した。

道元や美園でないなら、どこの誰なのか。それとも、あのふたりのどちらかが、嘘をついているのか。

「どうして、俺に相談しなかったんだ……っ」

それまではつぶさに報告があった。

佐和紀の日々の暮らし方、ものごとに対する解釈。

そして、これからの展望に関わること。

知世の報告が途絶えたのは、彼がカタギになったからだ。岡村は、それを当然だと思った。しかし、それさえも、口を閉ざすための方便だったなら、知世は肝心なことをあえて黙っていたことになる。

カタギに戻る以前から、知世は佐和紀の気持ちを知っていて、岡村に真実を隠した。

裏切りと同等の行為だ。それより、もっとひどい。

「知世、答えろ。アニキは知ってるんだろうな」

「……わかりません」

顔を背けてうつむいた知世は、ふるふると髪を揺らした。

「なにも、知らない。俺は……」

「知ってることはあるだろう。俺に話していないことだ。いまさら騙されると思うな」

どこが発端なのか、ずっと考えてきた。

佐和紀との関係が崩れるきっかけが、かならず、どこかにあるはずだった。

佐和紀の心を決定的に乱した、なにかだ。

そこまで戻ることができれば、置いていかれた理由もわかる。関係を修復することもできるだろう。

「佐和紀さんのためだ。洗いざらい話して……」

釈然としない気持ちで知世の肩を掴んだ岡村は驚いた。

知世の瞳から、涙の雫《しずく》がはらはらとこぼれ落ちる。顔を歪めて涙をこらえることさえ、いまの知世にはできない。

嫌な予感がして、背筋が凍えた。

裏切られたのはいったい誰なのか。真実が闇にまぎれてわからなくなる。

「どうして泣くんだ」

苛立った岡村が問いかけると、知世は浅い呼吸を繰り返した。喉で息が引きつれて、高い音が鳴る。それは小さな悲鳴だった。

繰り返されるたびにはっきりとしてきて、ひとつの言葉になる。

知世は「ごめん、なさい」と繰り返していた。

ただそれだけを繰り返して、袖で顔を覆う。

「泣いて謝れば、それで済むと思うな」

厳しい声で言い放ったのは、陥れられたのが佐和紀なのかもしれないと思ったからだ。

知世が誰を好きになっても、かまわない。佐和紀だろうが、岩下だろうが、他の誰かだろうが、思うようにすればいい。

しかし、佐和紀が窮地に立つことだけは認められない。

「知世！」

叱責《しっせき》の口調で叫ぶと、知世は潤んだ瞳を隠すようにまぶたを閉じた。

「俺が、頼んだ……」

低く唸るような声は聞き取りにくい。

「佐和紀さんが、縛られて、動けないのが、嫌で……」

「意味がわからない」

岡村が一言で切り捨てると、知世は勢いよく顔を向けてきた。肩を掴んだ岡村の手を振り払い、充血した目が見開かれる。

「佐和紀さんに、行けるわけがないって、そう言わせたのは、あんたたちなんだよっ！」

一息に叫び、目尻《めじり》を吊り上げる。岡村はたじろがなかった。それでも一瞬は黙る。

知世は続けて言った。

「岩下さんも、岡村さんも、三井さんも……っ。周りはぜんぶ、優しいふりで、佐和紀さんを縛ってる！」

「おまえの思い込みだ」

岡村は眉をひそめて言った。兄に虐げられた自分と佐和紀を重ねているだけに思え、あきれてしまう。

「違う！」

知世はまた声を荒らげた。

「違う、違う、違う！　なんで、わからないんですか。あの人には、あの人のやり方がある。人生があるんだよ！　誰にとって利口じゃなくても、遠回りだとしても！　俺は……、あの人を、突き動かすことが、できるなら……、兄に殺されても、いいって……っ。そう、思って」

話はそこで途切れた。感情を爆発させた知世が声をあげて泣き出したからだ。

呆然《ぼうぜん》とした岡村は、ただ黙って、知世を見た。湧《わ》き起こるのは理不尽さだけだ。

同情も憐憫も感じない。

「泣くな、知世」

脅すような低い声で呼びかけ、その肩を摑んだ。指が食い込み、痛みに耐えかねた知世の指が手首を摑んでくる。それでも、岡村は容赦しなかった。

「……人生、って言ったよな」

問い直すと、泣くことも忘れて怯えた目が岡村を見た。

佐和紀の人生。それは岩下と並んで歩く、これからの未来だ。

しかし、関係は清算されている。まるでなにもなかったかのように、ふたりは別々の道を選んだ。佐和紀は『未来』を選ばなかったのだ。

「過去か」

口にすると腑《ふ》に落ちた。岡村はぐっと奥歯を噛んで、顔を伏せる。

佐和紀の過去。それは長く失われていた幼い頃の記憶と、自分のために犠牲になった友人のことだ。

どちらも未来を脅かすほどの存在ではないと岡村は認識していた。

佐和紀はいつも岩下を最優先にしたし、過去より未来、そのための現在《いま》を大事にしているはずだ。

「どうして、言わなかった。言えばよかっただろう」

知世の答えは聞かなくてもわかっていた。

岡村も、知世にとっては、佐和紀を型にはめたひとりに過ぎない。

自分のそばから離れずに生きて欲しいと願うことさえ、生き方を制限しているように思えるのは、兄に束縛され、自分というものを見失ってきた知世だからこその傷だ。

「……おまえは、俺を、信用しなかったんだな」

知世を傷つけると知っていて、厳しい言葉を投げつける。

恋する気持ちがまだ残っていることもわかっていた。顔を見れば、一目瞭然《いちもくりょうぜん》だ。泣いたのも、岡村への申し訳なさからだろう。

それでも、知世は佐和紀を優先させたのだ。おそらく佐和紀も、知世には心を開いて話をした。

「俺からあの人を奪って、満足か」

「……そういうふうに、取らないでください」

「じゃあ、どう受け取ったらいい。説明できるのか。できるなら、してみろ」

問い詰める岡村に対して、知世は視線を返すことしかできない。

どんな言葉も嘘だ。説明すればするほど、真実からは遠く離れていくだろう。

人にはそれぞれ、自分の都合がある。愛する気持ちも、命をかけた献身でさえも、結局はエゴに基づく自己満足だ。

わかっているからこそ、岡村は苛立った。

知世の行動を責めると、自分自身が追い詰められる。知世が信用しなかったように、佐和紀にも信用されなかった現実に、身も心も引き裂かれた。

信頼関係なんてあったものじゃない。

行き違いを探せば、決定的な拒絶にたどり着くだけだ。

佐和紀は、岩下が『右腕に』と推した岡村ではなく、知世に心を開いた。

知世が抱える傷に、佐和紀がシンパシーを感じたのかもしれない。

「おまえは、自分自身の問題にあの人を引っ張り出した。ひとりで飛び出すことを知っていたのか。ひとりで行かせることが目的だったのか」

岡村は拳《こぶし》を握りしめた。ケガをしていない左の頬を、じっと見つめる。佐和紀に似ていると思うのは、系統の似た美形同士だからだ。よく見れば、ふたりはまるで違う顔立ちをしている。

「説明して、わかってもらえるんですか」

知世の声は震えている。くちごたえすることに怯える子どものようだ。

「バカにしてるのか」

岡村の鋭い声に、肩がびくっと揺れる。

「……してません」

言われても信用できない。

「俺が、あの人を好きなのが、許せなかったのか」

岡村が問いかけると、知世はまたハラハラと涙をこぼす。

事件から一ヶ月しか経っておらず、まだ混乱の中にいるのだろう。時間が経ったからこそ、甦る恐怖もあるはずだ。いくら、覚悟を決めて飛び込んだとしても、暴力は暴力だ。後悔しないだけのことで、起こった事実は変わらない。

知世は大ケガを負い、顔には傷が残る。

だからこそ、岡村は感情を抑えられなかった。知世を追い詰めると理解していながら、言葉を重ねる。

「自分と、同じ目に遭えばいいと、思ったか」

ひどい言葉に対して、知世はとっさに手を伸ばした。服を掴もうとされ、岡村はそっけなく払いのけた。

わかって欲しいと言いたげに向けられた視線の純粋さに、怒りを通り越し、憎悪すら覚える。

まだ年若い知世を責めることで憂さを晴らそうとしている自分が、なによりも腹立たしい。頭では理解しているのに、現実が受け入れられないだけだ。

知世は、佐和紀に『可能性』を見た。

苦しみ抜いた自分の傷が、自由になった佐和紀を見ることで癒《い》やされると信じている。

事実、そうなのだろう。

佐和紀のためになると思うことでしか、知世は兄に向かって奮い立つことができなかったのだ。兄の呪縛《じゅばく》から逃れるために、自分だけの人生を歩んでいくために、佐和紀の存在にすべてを預けて、博打《ばくち》に出た。

岩下の思惑さえ利用した行動だ。知世は、実家の壱羽組もろとも、兄を消し去りたかったに違いない。

しかし、知世は、自分のためには動けない。

そう刷り込まれて生きてきたからだ。人生の呪縛は重く、死を選ぶことがよっぽど楽なこともある。

たとえば、人を殺すことはいけないことだと教えられた人間が、そのままの感性で自分のために殺人を行えるだろうか。

人はどこかに理由を求める。自分のために、逃げ道を作る。

知世は佐和紀に、佐和紀は知世に、それぞれの理由を預けた。

なにかを言おうとした知世が顔を歪める。頬が傷んだのか、ガーゼの上に手を押し当ててうつむいた。

そこへ、買い物から戻ってきたユウキが飛び込んでくる。

テイクアウト用の紙袋が、パーティションの横で宙に浮き、中身ごと床へ落ちた。

「なにを……っ！」

駆け寄ったユウキが、ベッドの向こう側から知世をかきいだく。

「信じられない！」

キッと睨みつけられたが、美青年が美少年を抱き寄せる構図は絵になりすぎていて、現実感に乏しい。

心が冷めた岡村は、静かにあとずさった。

「岡村さん……」

ユウキの腕を押しのけて、知世がかすれた声を出す。懇願めいた響きは悲痛そのものだ。岡村には、知世の気持ちが読み取れなかった。都合よく取っても、悪く取っても、結果は変わらないように思えたのだ。

顔を歪めて、首を左右に振る。なにを言われても受け入れられないと、拒絶を伝える。

まばたきをした知世は、また涙をこぼした。

「言い訳は、しません。俺を恨んでください。でも……、あの人の、過去を、……あの男のことを、見逃したのは、俺のせいじゃない」

涙に濡《ぬ》れたまっすぐな瞳が、岡村が見せた拒絶よりも強く、そして激しく、罪を糾弾する。稲妻に打たれたような衝撃を受け、岡村は目を見開いた。

さらに、知世が言葉を重ねた。

「俺のせいにして、気が済みますか？」

ユウキがいなければ殴っていた。握った拳が震え、岡村はこめかみを引きつらせる。

「帰って……」

ただならぬ雰囲気を察知したユウキが、ナースコールに手を伸ばす。

「どうして、追わないんですか」

なおも続ける知世に、

「知世っ！」

ユウキが叫んだ。たしなめる声に止められても、知世は怯まない。

「だって……、好きなんですよね？　誰よりも。そう言ったのに、どうして、まだいるんですか」

「もう、やめて。……岡村も！　突っ立ってないで、帰ってよ！　帰れ！」

怒鳴りつけられて、硬直していた身体の緊張がほどけた。

なにも言わずに踵《きびす》を返し、部屋を出る。そのまま駐車場まで、止まらずに歩いた。

むしゃくしゃした感情を、愛車の天井にぶつけて拳を握る。それでも気持ちが収まらず、もう一度振り下ろす。拳が痺《しび》れて、肩まで痛む。

奥歯をギリギリと嚙み合わせ、岡村はまた腕を引き上げる。誰かに腕を掴まれた。

とっさに振り払った手が、相手の頰にヒットする。

裏拳でなぎ払ったのは、ユウキの顔だった。華奢《きゃしゃ》な身体は吹っ飛び、隣の車に激しくぶつかった。

「……顔は、困るんだけど」

そう言いながら頬を押さえ、ムッとした目で岡村を睨んだ。眉を吊り上げて怒った顔が、ふたりの昔を思い出させる。

顔を合わせたときは、いつでも意に染まないセックスが待っていた。

お互いに岩下に命じられて、したくもないのに抱き合う。それでも繋がれば快感が待っていて、吐き気がするほど最低な気分になった。

「よっぽど、煮詰まってるね。ひどい顔色」

あきれた声で言われ、岡村は腕を伸ばした。セーターのVネックを摑み、ユウキを振り回すようにして愛車のドアに追い込み直す。国産のセダンは、大枚をつぎ込んで改造した宝物だ。

「犯すぞ、てめぇ」

痛みに顔を歪めたユウキの足の間に、膝を割り入れる。萎えた股間の感触が岡村の太ももに押し当たった。ユウキは、醒めた目で岡村を見る。

「……上等だよ。そこまでして佐和紀と切れたいなら、好きにしたら？」

顔だけを見れば、苦労知らずの坊ちゃんだ。上品な顔立ちには同情も憐れみもなく、小バカにした笑みだけが浮かんでいる。

「できないと思うなよ」

あごを摑んで、顔を近づける。くちびるが重なる瞬間に、ユウキの拳が肩を叩いた。

「思ってない！　……えげつないのは、知ってる！」

　肘で押しのけながら唸る。

「いつから、セックスしてないの？　溜《た》まってんじゃない？　……いちいち、威嚇《いかく》しないでよ。……足！　どけて！」

　強い口調で矢継ぎ早に言われ、勢いに押された岡村は身体を引いた。その隙をついて、ユウキは逃げ出す。手が届かない安全な距離を確保して、胸の前で腕を組んだ。

「知世となにを話したの」

「別に」

「言いたくないなら聞かないし、できればなにも知らないままでいさせて。佐和紀のいざこざには関わりたくない。あっちもこっちも、僕のことを言えないぐらい、ヒステリーなんだから」

「俺と、知世と……？」

　あとは想像がつかない。

「三井。あんなめんどくさい男の世話までさせないでよね。これって、誰に言えばいいの？　報酬が欲しいくらいなんだけど」

「いくらでも払ってやるよ。ついでに、しゃぶって」

「……いまのサイテー発言、佐和紀に聞かせてやりたい」

イライラと足先で床を叩き、ユウキは軽蔑《けいべつ》の表情で岡村を見る。

「服と見た目ばっかり良くなっても、中身が変わってないんじゃ、意味ないでしょ。……置いていかれたのも、納得なんだけど？」

「うるさい。話があるならさっさとしろよ」

「べっつにー。ヤクザが他人の車に傷をつけないか、心配して来ただけ。自分の車なら、どうぞ、どうぞ」

「やっぱり、犯る……」

岡村が目を細めると、ユウキは肩を揺すった。鼻で笑いながら胸をそらし、斜に構える。

「さっさと仕事しなよ。……佐和紀の行方ぐらい、星花を使えば追えるはずでしょ」

「余計なお世話だ」

「世話を焼きたくなるような顔をして、知世に会いに来ないでよ。ほんっとうに、迷惑だから……っ！　あの子がどういう目に遭ったか、わかってる？　あと半年は、優しくしてもらう権利があるでしょ」

「……悪いけど、無理だ」

顔を背けて、短く息を吐き出す。

「その性格、直したら？　どうせ、佐和紀の前ではお利口ぶってるんだろうけど。……そんなのだから、佐和紀はひとりで行ったんでしょ？　理由は知らないけど、周平の気を引きたくてやった家出じゃないんでしょ？　だから、離婚したわけだよね？　佐和紀は本当にひとりなの？」

問われて、岡村はくちごもった。

佐和紀は過去を償うために、姿を消したのだ。

知世の話を聞いて、岡村はすべてを理解した。

佐和紀がまだ横須賀で暮らしていた頃、見捨てて逃げた友人の弟。彼が行動を共にしているはずだ。名前は、西本直登《にしもとなおと》。佐和紀につきまとい、死んだ兄の分もそばにいてくれと迫っていた。

佐和紀に気にするなと言われ、姿を見ることもなかったので忘れていたのだ。身辺を調べようとも思わなかった。デートクラブを引き継いだ忙しさも原因のひとつだが、慢心は否定できない。

佐和紀の身辺については、知世が情報を流してくると信じていた。

そして、裏切られたわけだ。それはもう見事に、足元をすくわれた。

「どうせ、社長のイスからは降ろされる。そうしたら、星花を動かす金もない」

「……バカじゃないの？」

ユウキにすっぱりと言われ、岡村は片方の眉だけを、ひくりと動かした。

かわいい顔に似合わず、人生の裏街道だけを歩いてきた男が、冷たい目を細める。目尻だけ長いまつげが印象的だ。

「お金なんて、さっさと抜くの。どれぐらい必要かなんて、経験でわかるでしょ？　……追う気がないんだね」

「……あるよ」

　答えた声が沈む。

「一声かけてもらえなかったのが、そんなにショック？　言わなくてもわかるって、佐和紀は、そう思ってるかもしれないのに。……いつまでも、周平が命令してくれるわけじゃないんだから……しっかり、してよ」

　ユウキの手が伸びてきて、ネクタイを摑まれる。

「こんなに上等なネクタイ、締めてるのに、頭の中、からっぽなの？　三井じゃなくて、自分が選ばれたって、自負はないの？　石垣《いしがき》だって、外国に飛ばされたんでしょ？」

　立て板に水を流す勢いで、淀《よど》みなく言ったユウキは、苛立ちに任せて舌打ちを響かせる。岡村のネクタイをぐいっと引き寄せた。

「ねぇ！　捨てられた気でいるなら、最低なんだけど！　佐和紀はね、頭に血がのぼったら、周りが見えないんだよ。そんなこと、僕よりも知ってるでしょ……。周平が行かせたならね、佐和紀には佐和紀の仕事があるんだよ。あんたがフォローするって、周りはみんな、思ってるに決まってるでしょ！　ねぇ、聞いてんの？　周平に愛想を尽かされる前に、どうにかしなよ！　佐和紀が誰といたってね！　あんたたちほどは佐和紀を知らないんだから！」

「キャンキャン、うるさい」

ネクタイをユウキの手からもぎり取って、整え直す。

「真面目に聞いて！」

「おまえに、俺の気持ちはわからない。能見《のうみ》のために、せいぜい、知世を大事にしろ」

「……あんた、本当にバカ。三井以上に、バカ！」

叫ぶユウキを押しのけて、岡村は車に乗り込む。

投げつけられた言葉をそのまま信じることはできなかった。追いかけていけだなんて、あまりにも優しすぎて、死ぬ間際に見る夢のようだ。

佐和紀だけでなく、知世にも裏切られて、ユウキの言葉だけを信じられるはずがなかった。裏切りの連鎖にメンタルを削られて、足は一歩も前へ進まず、怒りを爆発させているぐらいしかできないのだ。

怒ることもできなくなったら、もう死ぬしかない。いくら、岩下の非情さに鍛えられてきたといっても、我慢には限度がある。

車を発進させた岡村の心は、もう立て直すのが難しいほどに傾いていた。佐和紀から必要とされている原則原理が失われ、目的も手段も思い出せない。

脳裏によぎった佐和紀の横顔を、意識的に黒く塗りつぶした。考えれば、つらくなる。追っていく気力が持てないのに、心は佐和紀を求めている。

そしてそれは、もうどこにもいない佐和紀だった。


薄暗い部屋を浮かび上がらせているのは、ピンク色のライトだ。

築年数の古いマンションの一室は内部を仕切る壁が取り払われ、だだっ広いワンルームになっている。

床に直接置かれたキングサイズのマットレスの上は、シーツも布団も乱れていて、丸めたティッシュが散乱していた。床には使用済みのコンドームが落ちている。

爛《ただ》れた匂いにまぎれて、甘い芳香が漂う。

葉っぱを詰めたキセルをしどけなく持っているのは星花だ。ソファに座り、岡村の肩にしなだれかかる。

口に含んだ煙を口移しで分け合うと、舌先がわずかに痺れた。

岡村は眉をひそめる。身体の感覚が鋭さを増して、興奮が募る。星花も同じだろう。

ふたりは全裸だ。ついさっきまで、ベッドの上にいた。激しく乱れて、全身でもつれ合ったばかりだ。

精を放って濡れた性器はもう復活していてずっと舐められている。まったく同じ顔をした双子は、それぞれ、岡村と星花の足の間に収まっていた。手を使わず、舌とくちびるだけの奉仕だ。

丁寧に形をなぞられ、きわどいところに吸いつかれる。よく仕込まれたテクニックは、追い上げるのではなく、快感を長引かせた。

連絡もなく押しかけた岡村に対し、星花はなにも聞かない。追い返すこともなく、顔を見るなり服を脱いだ。

用件はセックスだとわかっている間柄だった。仕事の話があったとしても、三日以上過ぎていれば、まずはボディトークからと決まっている。

「あっ……は、……ぁ……」

双子の舌技に煽《あお》られ、星花が甘く悶《もだ》えた。ソファにもたれてのけぞる。その手からキセルを受け取り、岡村はぼんやりと煙を吸う。

星花は煙草だと言うが、信じられない。しかし、幻覚を見たり、禁断症状が出たりしたことはなかった。

「ね……、岡村、さん……」

うっとりと目を細めた星花の指が、岡村のあご先をなぞる。求められるままにキセルを遠ざけて、くちびるを与えた。

星花の下半身から濡れた水音が響き、開きっぱなしで喘《あえ》いでいるくちびるの間に舌を滑り込ませる。

「んっ。ふ……っ」

星花の肌が、ブルッと震えた。

「指を入れてやれよ」

岡村が指示を出すと、星花の股《また》ぐらに顔を伏せていた双子の片割れが従った。唾液《だえき》でたっぷり濡らした指をあてがう。

彼らも服を着ていなかった。

「あ、ぁ……っ」

気持ちよさそうな声を出した星花が、身をよじらせる。その姿に岡村の股間もいっそうイキり立った。双子のくちびるから勢いよく飛び出し、その鼻先を打つ。

双子の名前は、燕《イエン》と鶯《イン》だ。顔の見分けがつくのは星花だけだが、それも片方の目元についた傷でしか判断していないと言う。本人たちも、呼び分けられることを求めてはいなかった。

「ん……、んっ……ぁ」

双子の指にいじられている場所は、ベッドで岡村を受け入れたばかりだ。体内に残っているローションが、ジュプジュプといやらしげに音を立てる。

「足りない、からっ……。岡村さん、もう一回、挿れて……」

はぁはぁと息を乱した星花に取りすがられ、岡村は身を引いた。自分の足の間にいる双子を押しのける。

「星花に挿《い》れてやれ。おまえはこれだ」

モノの根元を摑み、星花に見せつける。

「バックで突っ込まれながらしゃぶるのも好きだろ。来いよ」

ソファのギリギリまで下がり、肘掛けに腕を乗せる。岡村に挿入されるつもりでいた星花は不満げな表情だ。それでも、ソファの上で四つ這いになる。

星花の足の間にいた双子が背後に回る。腹の下に、もうひとりが顔をねじ込んだ。

「あっ……あぁっ……」

慣れ親しんだ性器を後ろから差し込まれ、星花の顔がだらしなく歪む。それさえも色っぽく見えるのは、元がいいからだ。

横流しにして結んだ髪は長く、柔らかに波を打っている。その毛束を岡村が引くと、星花は上半身を屈めた。

「んっ……」

先端がくちびるに押し当たり、形のいい耳を捕らえて押さえ込む。

開いたくちびるの中で惑う舌が、やがて岡村の性器に寄り添った。

「んっ、んっ……ふ、んぅ……ん」

後ろからも責められ、苦しげな息づかいを繰り返した星花は、長いまつげを伏せる。濡れた喉奥で絞められ、岡村は思わず吐息を漏らす。

腰下の穴に入れるのとは違う気持ちよさがある。

小刻みに上下する星花の顔の動きに身を任せ、岡村は天井を仰いだ。顔を背けてキセルを吸い、煙を吐き出す。

ソファがきしんだ音を立て、部屋の中の空気は爛れきっている。

甘い煙の匂いに、星花の嬌声《きょうせい》と双子たちの息づかい。

「あ……っ！」

双子から強く揺さぶられ、星花がのけぞる。瞬間に、岡村のモノがくちびるから飛び出してしまう。

「……んんっ……んっ」

舌先で追われ、ねろりと舐められた。チュッと音を立てて吸われる。

恥ずかしげもない淫乱な仕草を眺め、岡村は目を細めた。いまさら、セックスの相手に恥じらいを求めたりはしない。何度も四人でしてきたから、なおさらだ。

下半身で渦を巻く欲情に極まりを感じ、

「こっちへ来いよ」

星花の腹の下に潜っていた双子を足指でつつく。するっと抜け出した顔は、欲情を募らせて赤く火照っている。

「準備できてるんだろう。使っていいから、乗れよ」

岡村の言葉に、星花がまたおもしろくなさそうに目元を歪めた。

「そんな顔をするな。あとでたっぷり相手をしてやる」

笑った岡村の腰に、双子がまたがる。言わなくても背中を向けたのは、彼らの本命が星花だからだ。

自分であてがい、腰を下ろす。性交に慣れた男だ。後ろはもうすでに自分でほぐしてあり、声をひそめて、奥まで呑み込む。

「……星花」

快感にかすれる声は、愛する男の名前を甘くささやく。そのあとで星花の声がくぐもり、双子がくちびるを塞《ふさ》いだのだとわかった。キスではなく、フェラチオだ。

岡村にまたがった双子の腰のあたりで、星花の髪が揺れている。

「んっ、ふ……、んっ、んぅ」

前後を塞がれた星花の息が乱れ、双子たちも喘ぎを漏らす。岡村だけが醒めた気持ちで天井を見つめて煙を吸う。

下半身はたぎっているのに、心はまるで燃えない。いつもはもう少し楽しめるのに、今夜は、まるでダメだ。

油断をすると佐和紀を思い出し、慌てて黒く塗りつぶす。そうすると、思い出すパーツはどんどん細かくなった。うなじに、襟足、着物の袖から出た手首。裾がはだけたときに見えるふくらはぎ。

夏の暑い日に、ゆるく着付けた浴衣《ゆかた》は危ない。

見えそうで見えない胸元にせつなくなる。

すべてを消しても、そのせつなさだけが尾を引いて残り、セックスの最中に思い出す冒瀆《ぼうとく》で岡村は傷つく。

目の前から佐和紀がいなくなっても、想いだけが消せないのと同じだ。ここにいない相手を、想像するだけで罪悪感がある。

「あぁ……」

喘いだ岡村はあごをそらした。双子の腰に絞られ、快感が先走る。

佐和紀を汚《けが》すことができないから、いつでも罪悪感が汚《けが》されていく。いっそ罵られたいと思うのは、激しく傷つきたいからだ。自尊心が折れてしまえば、求めずに済むような気がして、堂々巡りで繰り返す恋慕の中へ落ちていく。

射精感が募り、たまらずに片手で双子の腰を摑んだ。その指に、フェラチオをしている星花の手が伸びた。

どの息づかいが誰のものなのか、渾然《こんぜん》として区別がつかなくなる。卑猥な声と言葉と、あまだるい吐息。官能が爛れて吹き溜まり、卑猥さが増す。

セックスをしているときだけは、考えることを放棄できた。思い出しては消し、消しては思い出し、ただの繰り返しで時間が過ぎる。

この部屋にいれば、特にそうだ。岡村の思考は答えを求めずに留《とど》まり続ける。

佐和紀のことも、知世のことも、ユウキの言葉も、三井の言葉も、思い出さなくていい。思い出す必要もない。誰に責められることも、急《せ》かされることもない。

心の奥底で、声に出して呼べない名前が響き、岡村は顔を歪めた。苦痛が快感になる頃も過ぎ、ただただ、恋い慕う苦しさに惑う。

やがて、腹の底から快感が突き上がり、眉を引き絞って出口を求める。

名前を思い出すことさえ禁忌に感じるほど、佐和紀は尊い。ずっと、そうだ。

そばにいられるなら、肉体的な繋がりは一切なくていいと思ってきた。

そばに、いられるなら。

叶《かな》わない願いを繰り返して、岡村は絶望の中で達していく。欲望が弾《はじ》け、目の前にもやがかかった。

名前も姿も思い出さず、ただむなしく、相手のいない解放を得る。無為な時間を貪《むさぼ》り、現実が遠ざかるのをひたすらに待つだけだ。

双子を押しのけた星花の手が頬に押し当たり、なまめかしくキスが奪われた。

＊＊＊

星花を抱いたのをきっかけに、岡村は自宅へ戻れなくなった。

精神的なものだ。足がどうしても向かない。

その部屋にさえ佐和紀の記憶があり、空気に触れただけでピリピリと神経が逆撫《さかな》でされる。自然と星花のマンションへ帰ってしまい、オフィスと行き来しているだけで一週間が過ぎた。

星花の部屋では、服を着る暇がない。帰り着くなりスーツを脱がされ、双子のどちらかが足元にひざまずく。岡村が積極的に動く必要は、なにもなかった。

寝転がっていれば、薄衣をひらひらさせた星花が乗ってくる。

まるで時代がかった娼館のように、双子と星花のささめきはなまめかしく、岡村を倒錯的な気分にさせる。現実逃避するには、これほど都合のいい条件もない。

そのまま三人と睦《むつ》み合っていられたら、どれほど楽だろうかと岡村は考えた。

セックスに溺《おぼ》れて、すべてを捨てられる性分なら、佐和紀に縛られたりはしない。

考えないでいることの罪悪感が一週間で限界に達し、いよいよ行き場をなくした岡村は、静香のマンションへ逃げ込んだ。その頃には、オフィスに向かうことも億劫《おっくう》になり、三日続けて出勤しなかった。仕事もセックスも、人と話すことも嫌になる。

どうせ、すべてを取り上げられるのだ。デートクラブの社長も、佐和紀の右腕も、取り替えがきく。自分でなければならないものなど、なにひとつなかった。

星花と双子でさえ、岡村なしでセックスができる。

元気に家を出る子どもたちの声で目が覚め、静香が使っているベッドの上に座り、日がな一日、壁にもたれて煙草を吸う。

静香は仕事に出かけ、午後には子どもたちが帰ってくる。母親の寝室でぼんやりしている岡村に声をかけ、まだ元気がないと見て静かにドアを閉じた。

三時のおやつの分け前がそっと運ばれ、夕方になると長男の翔琉が食事の準備を始める。母親に言われているのだろう。岡村には握り飯と卵焼きが届けられた。

なにも聞かれず、なにも心配されない。

にぎやかな子どもの声が遠くぼんやりと聞こえ、耳を傾けていれば時間が過ぎていく。

魂が抜けたように生きても、考えるのは佐和紀のことだ。

いまごろ、どんな暮らしをしているのか。どんな人間といるのか。

男なのか、それとも女なのか。

抱き合うのか、口説かれるのか。肌を許すのか。

怒りはもう感じなかった。悲しみも薄れ、鬱々《うつうつ》とした嫉妬だけが闇に広がる。佐和紀を自由にした岩下への憎しみはじわじわと感じたが、直登のことは現実感がありすぎて考えなかった。過去を償って幸せに過ごしている想像が、一番つらい。

三日目の夜。子どもたちを寝かしつけた静香がベッドの端に腰かけた。

二日間は次男三男と一緒に寝ていたが、今夜はここで眠るのかと岡村は思った。そもそも、静香のベッドだ。明け渡すつもりでいると、

「今夜も眠れそうにないの？」

指が伸びてきて、岡村の片足に触れた。

寝支度を整えた静香はパジャマにキルティングのローブを着ている。岡村は、翔琉が貸してくれたジャージの上下だ。オーバーサイズのデザインだから、翔琉よりも大きい岡村でも着ることができる。

「睡眠薬、飲む？」

静香の声色は穏やかで、姉のようだ。

「起きてれば、眠たくなる」

「身体を悪くするわ」

静香は優しい口調のままで諭すように言う。

口を開くたびに、優しくするべきか、厳しくするべきかと悩んでいるのが伝わってくる。

母親の習性だと思い、一方で、静香の性分かもしれないと思い直す。

女がみんな世話好きだと考えるのは浅慮だ。優しさも厳しさも人それぞれの個性があって、母性も父性も傾向のネーミングに過ぎない。

佐和紀はどちらも持っていた。

「なにが、あったの」

「なにも？」

冷笑を浮かべ、岡村は煙草をふかす。三箱目を開けたばかりだ。

「もう、やめて」

静香が眉をひそめた。

「……壁紙の貼り替え代を払えば、文句ないだろ」

悪態で返すと、スネを叩かれる。

「思春期の子どもみたいなこと、言わないで。……奥さん、見つからないの？」

「もう『奥さん』じゃない」

岩下と佐和紀は離婚したのだ。

「……佐和紀さん、ね」

言い直した静香はため息をつき、ベッドの上を這った。岡村の横に座る。

「こんなことしている暇があるのか、って、そう言いたいんだろ」

「聞きたいだけよ。心配してるだけ。命令なんてしない」

「当たり前だ……」

立てた膝に、煙草を持った腕を投げ出す。静香が煙草を抜き取り、灰皿で揉み消した。それを化粧台に置いて戻ってくる。

「仕事、辞める気なの？」

「……どうせ取り上げだ。いっそ『ケジメ』をつけてもらって、入院でもしていたい」

「冗談にならないから……。そんなこと、岩下さんが本当に望んでると思う？」

「育ててきた舎弟が役立たずだって嘆いてるだろうな」

「会ってないのね」

「会って冷静でいられる自信がない。怒ってるんだよ。あの人にも怒ってる。どうして行かせたのか。ずっとそばに置いておかないのか……。そう思うたびに」

両膝を引き寄せ、肘をつく。首の後ろを抱えた。

「そう思うたびに、自分が一番、佐和紀さんの可能性を削《そ》ごうとしてるってわかる。……楽しかったはずなんだ。タモツはいなくなったけど、知世も傷ついたけど、アニキのそばにいれば、なにの心配もいらない。自由だってあったはずだ」

過去にカタをつけるために、誰よりも深く愛している相手との結婚を解消して、仲間を捨てるなんて理解できない。

過去より現在《いま》が大事なはずだと、岡村は思う。

横須賀時代の佐和紀は、それほど悪いことをしたのだろうか。

自分を守って逃げることは罪じゃない。力のない子どもなら当然だ。佐和紀はまだ十代半ばだった。

「結局、アニキ以上に、あの人を理解できる男はいない……。わかってるけど、受け入れたくない」

うつむいた岡村は首を振った。髪が揺れて、乾いた音が鳴る。

「俺を必要としてくれた佐和紀さんは、もういないんだ。もうどこにもいない。俺だけが理解してた佐和紀さんが、いたはずなのに……」

睡眠不足の頭の中が朦朧《もうろう》として、考えた端から物事が拡散していく。なにひとつ摑めず、岡村は震え出す奥歯を嚙みしめた。

「わかった……。わかったから、もういい」

静香の声が責めているように聞こえ、岡村はキッと視線を上げた。

真正面から受け止めた静香は、悲しげに顔を歪める。

「悪いのは、置いていった人よ。追わないあなたじゃない。好きにしていいのよ。誰の言うことも聞かないでいい」

そっと肩に触れた手が、首の付け根を過ぎて向こう側に回る。引き寄せられて、身を任せる。頭を抱かれて、こめかみが、ふくよかなバストに押し当たった。

「慎一郎くん。……結婚でもしようか。ここの家の子になればいいわ。もうひとりぐらい、養える」

ポンポンと肩を叩かれ、髪を撫でられる。

そのすべてが、岡村の中に蓄積された佐和紀の記憶と繋がっていく。

慰める仕草と、からかう仕草。

岩下に向けるのとは違う笑顔は、岡村だけのものだった。

思い出すだけで泣きたいほどにせつない。それなのに、涙は滲みもしなかった。

心が閉じて、感情のすべてが指の間からこぼれ落ちる。

ひとつひとつ、失っていく。それはもうこわくもなかった。

少しでも早く世界中が色をなくして、記憶の中の佐和紀も動かなくなればいいと、岡村は呼吸をするのさえ面倒に思う。

自分の佐和紀はもうどこにもいないのなら、生きていることにも意味はなかった。

3

十一月も終わりに近づき、晩秋の色に冷たい北風の気配が忍び寄る。それでも、日曜の昼下がりは暖かだった。

日差しの下を駆け回る静香の子どもたちは汗を流し、サッカーに付き合った岡村は疲労困憊《こんぱい》の表情で河川敷の階段に座る。

「おつかれさま」

静香が差し出す麦茶のペットボトルを受け取り、手の甲で額の汗を拭う。

「吐きそう……」

「太陽の下にいたら、燃えてなくなるタイプよね。慎一郎くんは」

子どもたちに手を振った静香が笑う。

「どこから見ても、幸せな家族ね。私たち」

微笑んで口にするセリフに裏の意味はない。ただ、岡村へのプロポーズは有効のままだ。

翌日、あらためて本気だと言われた。

「岩下さんからの音沙汰は？」

「ないよ」

喉を鳴らして麦茶を飲み、ペットボトルのフタをしめた。

四日休んだあと、岡村はオフィスに復帰した。

死んでしまいたいと思っても、実行できるほど強くはない。

現実に佐和紀が存在しなくなれば別だが、どこかで生きていると思うと、結局は呼吸をしてしまう。

生きている意味も、死なない理由も考えず、仕事が終われば星花の部屋へ行き、明け方までには静香の部屋に戻った。

そのまま子どもたちと朝食を取り、少しだけ寝てから出勤する。

「俺のことになんて、かまっていられないだろう」

「最近、また忙しそうだものね」

オフィスの留守番をしているだけの静香は知らないことだが、知世の事件に絡み、大滝組北関東支部がざわついている。岩下は、若頭補佐としての渉外業務に忙しく、女々しく落ち込む岡村の相手をしているような暇はない。

デートクラブの運営も順調で、岡村が少し休んだぐらいでは支障も出ない。

敏腕な支配人がいるからだ。彼からの苦情が出ない限り、しばらくはこのままだろう。

それが嬉《うれ》しいわけでもないが、岩下に呼び出されるのだけは嫌だ。わかったような顔であれこれ言われたら、修復不可能な大ゲンカになる。

いつだって、岩下が正しいから、会いたくない。

「ねぇ、本気だからね」

両手でコーヒーの缶を包んだ静香は、まっすぐ前を見ていた。

秋晴れの空を映した川が、太陽光線を弾き返して輝く。

長い髪をゆるやかに巻き下ろした静香の横顔を眺め、岡村はほんのわずかにたじろいだ。

佐和紀も、長い髪をしていたことがある。その姿が二重写しに見えた。

銀座のキャバレーを守るために、チィママを演じていたときだ。付け毛《エクステ》で長くした髪は、ショートヘアで和服を着ている本来の男装を忘れさせるにじゅうぶんだった。

まるで知らない相手を見るような気がしたことを思い出す。

化粧をしていない休日の横顔は特に魅力的で、見事に化けた女装よりも心惹かれた。

一度に三回惚れ直すぐらいの威力があり、星花の双子のように、もうひとりの佐和紀がいればいいのにと考えてしまったぐらいだ。

「慎一郎くん。結婚のこと、冗談じゃないからね」

静香が振り向き、物思いが途切れる。

「いまさらヤクザと結婚なんかするなよ。不幸になるだけだ」

「それでも、いいのよ」

薄く笑った静香が、ワンレングスの髪をかきあげる。

「岩下さんのところで働いている限り、私は不幸にならないから」

それは金の心配をしなくていいということだ。

子どものためを思い、家庭を支えてくれる稼ぎ頭を探した静香は、彼女の外見しか評価しない男たちに人生を荒らされ続けてきた。金があれば、そんな不幸は回避できる。

「人並みの幸せを、望んだだけなんだけどなぁ。あの子のときも、あの子のときも、あの子のときも」

河川敷のグラウンドで走り回っている息子たちをひとりひとり指差して笑う。

「私のことを信用してくれたのは、結局、岩下さんだけだったのよ」

だから静香は、岩下のもとで働いているのだ。信用に値する信頼を返し、秘密を他人に漏らすこともない。

たとえ、どんな人間が情報を得ようと近づいたとしても、静香は陥落されたりしないだろう。彼女の生き方には、少年三人の人生のすべてがかかっているのだ。

「……慎一郎くんのことも、信頼してる」

拳で腕を押され、岡村は大げさに向こう側へ倒れる。笑った静香に引き戻され、肩を抱かれた。

「なにも心配はいらないわ。岩下さんも、反対なんかしない」

はっきりと言われ、岡村もその通りだと思う。

佐和紀の右腕として無能になったいま、誰が岡村を引き受けようと気にもかけないだろう。厄介払いが済んだとほくそ笑む、支倉の顔も想像できる。

それはおもしろくないが、見返してやろうと自分を奮い立たせる意欲が岡村にはなかった。

このまま静香を頼り、人生の端々に残る佐和紀の面影を、無益に消費していくのも悪くない。いつかすり減って、忘れられそうな気がする。

「今夜、なにが食べたい？　リクエストしないと、煮込みハンバーグ一択だからね！」

抱き寄せた肩を揺すり、静香は屈託なく笑う。つられた岡村はくちびるの端をわずかに曲げた。まだぎこちなくでも笑うことができる。

だから、佐和紀がいなくても、生きていける。生きていく場所はある。

高望みしなければ、新しい幸せはどこにでもあるものだ。

そう自分の心に言い聞かせて、子どもたちに手を振る。

太陽の下で眺める平和な世界は、佐和紀とは見ることのなかった景色だった。

＊＊＊

道元から連絡が入ったのは、それから三日後のことだ。

車を路肩に寄せて、携帯電話の通話ボタンを押す。

『いま、いいか』

名乗りから入らない警戒心は習慣だ。持ち主が出るとは限らない。

電話の向こうから聞こえている声は道元だった。

「移動中だ。路肩に停めてるから、手短に」

『すぐ済む。来週、そっちへ行く。泊まりは横浜になったから……』

「したんだろう。ド変態……」

冷たい言葉に、電話の向こうで道元がくちごもる。

「いいネタを持ってくるんだろうな」

『そう簡単には見つからない。美園が、大阪に捜索網を引くタイミングを探って……』

「役立たず」

吐き捨てた罵声《ばせい》が自分に跳ね返り、スーツを着込んだ岡村は厳しい表情でうつむいた。

『本気で探した方がいいのか？　そのあたりも、すり合わせたい』

「部屋には行かないからな。変な期待をするなよ」

『……外でできる話じゃないだろ』

食い下がっても無駄だと思ったのだろう。言い淀んだ道元が、また連絡すると言って電話を切った。

通話の終わった携帯電話を眺め、岡村は目を閉じる。

どこにいて、なにをしているのか。聞きたいけれど、知りたくない。

別の人生を歩き始めた佐和紀を傍観することは、岡村にとって拷問に近い。それでも、あんな男はどうでもいいと言えなかった。

生きている限りは会いたい。

たとえ、静香と結婚して、ふたりの生き方が真逆のものになっても、深く愛した事実は変わらない。ただ、愛し合うことがなかっただけだ。

携帯電話がふたたび震え出し、岡村は手を伸ばした。今度は、デートクラブの支配人からだ。

電話に出ると、居場所を聞かれた。以前の連続休暇から、体調を心配されている。

口に出して言われたことはないが、佐和紀の件で、岡村が『どうにかなってしまう』と思っているのだろう。ある意味、知り合いの中では一番まともな心配の仕方だ。

しかし、弱音を吐けば岩下に筒抜けになりそうで言えず、なにの悩みもないふりで受け答える。

余計に相手を不安にさせることも、わかっていた。だからといって、他に方法はない。

「事務所へ行く前に、デートクラブの様子を見てくる。ひとりで行く。連絡を入れておいてくれ」

そう言って電話を切る。

たまには、適当な商品を選んで遊ぶのも悪くはない。

男でも女でも好きなタイプが選べるのは特権だ。

これも仕事のひとつだとうそぶいて、シフトレバーを握った。


「女の匂いですね」

岡村のボクサーパンツを引き下げた双子の片割れが、股間に吐息がかかる距離で言った。

表情ひとつ変えないが、声にはわずかな戸惑いが滲んでいる。自分たちがたっぷりと搾っているのに、よそに行く元気があるのかと問いたいのだろう。

「オンナは別腹だろ」

岡村が答えると、双子のひとりは、まだ柔らかなそれをぬるりとくわえた。

「……連れてきてもよかったのに。どこの子？」

脱衣所の入り口にもたれた星花は、絹のローブを色気たっぷりに脱ぎ落とす。裸ではなく、チャイナシャツと、同色のワイドパンツを穿《は》いている。

「おまえらの餌食《えじき》になるだけだろう。不憫《ふびん》だ」

岡村の答えで相手の素性を悟り、星花は妖艶《ようえん》に微笑んだ。長い髪を肩に流して近づいてくる。

「女には優しいよ？　これでもね」

仁王立ちになった岡村の胸板に指を滑らせ、肩に頬を預けてくる。

「ワンラウンドこなす？」

指で胸をくるくるとなぞられ、笑いながら押しのけた。双子のくちびるから、育った屹立《きつりつ》が飛び出す。

「シャワーを浴びる。それから、酒」

答えながら、ひざまずいている双子のあご下をすくうように掴んだ。

「挿れてやろうか」

誘いかけると、見上げてくる目が潤む。すっきりとした美形だが、女顔ではない。

「うちの子をメスにしないでよ」

笑った星花は、絹のローブだけを拾い上げて奥へ消えた。もうひとりの双子に酒の用意を頼む声が聞こえてくる。

「どうする？」

あらためて問うと、うっとりした表情で小さくうなずく。相手かまわずセックスする星花と違い、双子たちは身持ちが堅い。

愛と忠誠を誓った星花しか相手にしないのが原則だ。岡村と星花が関係を持ち始めた当初も、主人の許しがあるまでは、部屋の隅で控えていたぐらいに慎《つつ》ましい。

しかし、原則は崩れていた。

腕を摑んでシャワーブースに引きずり込み、そこにも常備されているローションで後ろをほぐす。日中も、星花とセックスしている場所は、手早くローションを施すだけでいい。

星花は挿入されるのが好きだが、双子相手では挿入する側にも回る。ほどほどの濡らし具合で押し込むと、挿入の快感を知っている身体はしどけなくのけぞった。

シャワーを出しっぱなしにしたブースの壁にすがらせて後ろから突き上げると、くぐもった喘ぎを漏らし始める。息が乱れ、引きつれた声が混じる。

やがて、星花がドアを開いた。すでに服を脱ぎ、素肌にローブを羽織っている。手にしたロックグラスにくちびるを押し当て、中身をゆっくり飲みながら見物する。

岡村が手を伸ばすと、グラスが渡された。中身は桂花陳酒《けいかちんしゅ》だ。口に含むと、甘い花の匂いが広がる。

「やらしく仕込まれちゃって……」

星花が卑猥な口調で揶揄するように言う。すると、岡村のモノを受け入れた双子の柔肉がキュッとすぼまった。

小刻みに震える腰を二回、三回と強いストロークで突き、グラスの酒を飲み干す。動きを止めると、双子の腰がうごめいた。

「岡村さんの腰つきって、エグいよね。容赦がない」

笑った星花は、そばに控えさせた、もうひとりの双子から酒の瓶を受け取る。ローブが濡れるのも気にせず、三人が入ってもゆとりがあるシャワーブースに踏み込んだ。

「おかわり。どうぞ……」

そう言いながら、双子の首の付け根に酒を注ぐ。グラスを取り上げられた岡村は、おもむろに身を屈め、酒で濡れた肌を舐め上げる。甘い桂花陳酒をすすって歯を立てる。

「……うっ……ぁ……」

奥をこすられた双子の身体が、壁から滑る。とっさに星花が支えた。

「ちゃんと立てよ。腰を使って、岡村さんを達《い》かせて」

「あっ。あっ……ぅ」

喘ぐ双子の背中に酒が足され、岡村のくちびるにも直接降りかかる。視線を向けると、瓶の先端が差し向けられた。それを舌先で迎えて、吸いつく。瓶の口から酒を飲み、岡村は腰を動かしながら星花を引き寄せた。

くちびるを重ね、舌を絡め合う。互いの舌先を吸い、星花が瓶を傾けて酒をあおる。岡村にも口移しで分ける。

互いの舌が離れると、唾液が短く糸を引いた。

「んっ、ん……はぁ……っ」

星花が甘い声を漏らして身を揉む。岡村は、抱き寄せた腰に貼りついたローブの上から丸い尻を摑んだ。その間も、腰を使い、星花の双子を喘がせる。

「こっち、も……」

淫乱な男は、自分からローブの襟を引き、淡く色づいた乳首を片方だけ見せる。愛撫《あいぶ》に慣れた突起は、男にしては卑猥に、ぷっくりと膨らんでいた。

指でキュッと摘まんで弾く。円を描くようにそっと撫でる。

「あ……はっ……」

星花はブルッと震え、それから、ほんの少し、目を細めた。

快感に溺れた顔が卑猥に歪み、岡村の首筋にしがみついてくる。

「俺の方を先にして」

耳元でささやかれ、岡村は星花を押しのけた。挿入したまま、双子を壁から引き剝《は》がす。

「おまえの大事な男を埋めてやれ」

勃起《ぼっき》している下半身を後ろから摑んでこすり立てる。星花は嫌がらなかった。こんな行為は日常的だ。立ったままの連結もコツを知っている。

「ん……っ、ふふっ。岡村さんの、動き……っ」

岡村が犯している双子に犯され、星花は壁にすがりながら笑う。

「あぁ、いい……」

官能的な声をこぼして快感を貪りながら、なおも笑い、そう時間をかけずに昇り詰める。間に挟まれた双子が声をこらえて達し、激しく腰を波立たせる。その動きに押され、星花もイく。その後で、岡村はゆっくりと果てた。

双子が離れると、代わりに星花が近づいてきて、泡立てた石鹼《せっけん》で全身を洗われる。されるがままになると、先に外へ出された。ふたりはまだセックスを続けるつもりだ。

バスタオルを持って待ち構えていた双子の片割れに身体の水気を拭われ、岡村はバスローブに袖を通した。

「混じってこいよ」

そう言い残して脱衣所を出たが、双子の片割れは黙ったままついてくる。

寡黙に酒の準備をして、リビングのローテーブルにつまみを並べた。

会話らしい会話はしない。もうすでに一回戦を終えた岡村に遠慮しているのか、必要以上に近づいてくることもなかった。そばに控えているだけだ。

星花ともうひとりの双子を待っている間に酔いが回り始め、気分がよくなってキセルを頼む。柔らかく吸い込んだ煙に舌先が痺れた。

「今日はどこに帰るの？」

肩からするりと腕が伸びて、湿った髪の星花が背後からしがみついてくる。花の匂いがした。

「家だ」

当たり前のことを聞くなと言いたげに答えると、星花は耳元で笑った。さっきと違うローブはシルク生地に木蓮《もくれん》の花がプリントされている。

岡村の耳元にキスを繰り返し、柔らかく耳朶《じだ》を噛む。戯れを許していると、珍しくインターフォンのチャイムが鳴った。

「動くんだな。切ってるのかと思ってた」

岡村が言うと、

「いつもは、ね」

星花がするりと離れていく。

応対には双子が出たのだろう。話し声が聞こえてこず、不審に思った岡村はソファから立ち上がった。

振り向くなり、低い位置からの平手が飛んでくる。酔いで反応が遅れ、思い切りぶたれた。反射的に岡村も相手を殴り返す。柔らかなカールのかかった髪が宙に跳ねる。

やられたらやり返すのは当然のことだ。ただ、相手の顔は殴ったあとで見た。

とっさのことに力の加減ができず、華奢な身体がテーブルにぶつかり、グラスや瓶が激しい音を立てて転がり落ちる。相手はユウキだった。

こんなところに現れるはずのない男だ。デートクラブの男娼だった頃ならいざ知らず、身請けをされ、決まった恋人もいる。

「……珍しいな」

声を発した岡村は酔っていた。自分で思う以上に、視界が狭い。

「岡村さん」

星花の声が遠くに聞こえたが、なにの抑止力にもならない。

振り向きざまに殴られたことを思い出し、岡村は大股《おおまた》に近づいた。頬を押さえながら睨みつけてくる瞳は、愛らしいアーモンド型で、利発な小動物のようだ。

殴られた上に、睨みつけられる筋合はないと思ったときには、ふつふつとした怒りが湧き起こった。

「あ……っ！」

シャツを摑んで引き寄せると、ユウキは小さく悲鳴をあげて抵抗した。岡村の手首を両手で摑む。

見た目よりも酔いが深いことに、ようやく気づいたのだろう。

怯えた目であとずさるユウキの襟元を引き、容赦なくベッドへ連れていく。

「あんまり、人のシマを荒らすもんじゃない。そう教わってきただろ」

嫌がるユウキをベッドに引きずり上げ、力任せに組み敷く。

慌てて飛んできた星花たちがまとわりつく。

岡村の怒りを予想しなかったのだろう。

泥酔しても、こんなことはしない。

普段なら、しない。

それはただ、悪い評判を知られたくない人がいたからだ。

星花たちを振り払いもせず、岡村はユウキの腕を押さえつけた。関節に膝で乗り上げ、抵抗を封じる。

「ここでなにをしてるか、知ってて来たんだろ？　旦那《だんな》だけじゃ足りないか。……そうだろうな。岩下に抱かれてきた身体だ」

「離ッ、し、て……っ」

ユウキがどれほどもがいても、腰の上に乗った岡村を押しのけることはできない。

「岡村さん！　待ってください！」

星花が声をあげ、双子のひとりが、いつもと違う仕草で岡村の腕を摑んだ。関節技を仕掛けられると察して、力任せに拳で殴りつけた。

「なにを待つんだ、星花」

鋭く睨みつけ、もうひとりの双子にも視線を巡らせる。ふたりを牽制《けんせい》して、ユウキの首を片手のひらで圧迫する。

「いつものように楽しめばいいだろ？　おまえらが、岩下と遊んだようにだ。誰が真ん中がいい。ユウキか」

「や、めっ」

苦しげに息をしたユウキの爪《つめ》が手首に食い込む。岡村はうつむいて笑った。

濡れていた髪はとっくに乾き、額にかかっている。

「ガス抜きを勧めたのはおまえだろ、ユウキ。それが過ぎるとでも、文句をつけに来たのか。バカだろ。こんなところまでノコノコ来て」

首を押さえたまま、服の上をまさぐる。乳首を探して引っ掻くと、ユウキの顔が嫌悪に歪んだ。

「べつに、おまえが勃《た》たなくても問題はない。能見とはできないセックスをしてやるよ。俺が嫌いでも、おまえの身体は素直だ。そうだっただろう。……なぁ？」

呼びかけると、顔を歪めてくちびるを噛む。抵抗をしても無駄だと思ったのだろう。身体から力が抜け、同時に両目に涙が浮かんだ。

岡村がほんの少し手のひらでの圧迫をゆるめると、咳《せ》き込んで身をよじる。涙がぽろぽろとこぼれた。

「……したいようにしたら？」

投げやりに言いながら泣くユウキの姿に、岡村の気分は萎えた。

それを見て取った星花が、おずおずとふたりに近づいた。ベッドマットに上がってくる。

「岡村さん、呼んだのは俺です」

両膝を揃え、ユウキを押さえつけている岡村の腕に手のひらを当てる。

「あなたとのセックスは楽しい。それは、もう、すごく……。でも、この生活は続けられない。わかってるはずだ」

「真面目ぶるなよ、淫乱が」

ユウキが泣くよりも萎える説教に、岡村は舌打ちした。眉根を引き絞って、星花の腕を振り払った。

「……しらけた。帰る」

立ち上がろうとした岡村のローブを、星花が掴んだ。身体が傾いだ拍子に、両手が襟を握りしめる。取りすがってきた格好だが、しっかりと首元を締められていた。

「結婚するって、本当ですか」

必死になった視線が、嘘を許さずに見つめてくる。

岡村はうんざりしながら、ユウキへと視線を向けた。噂の出所を問う。

「支配人から聞いた。女がデキたって」

「悪いか。俺も年頃だ」

支配人の北見も、相手が静香だとは知らないのだろう。岡村の様子を見て、あたりをつけたのだ。

「このタイミングで？」

深い息を繰り返したユウキが涙を拭う。

「ありえない」

「なにが？」

岡村はわざと尊大にそっけなく言う。星花の手を掴むと、思うよりもあっさりとはずれた。

岩下に想いを残していると思っていたが、もう過去の話になっていたのだと気づく。人の心は変わる。

「好きでもない女と結婚するなんて」

岡村を責めたのは、ユウキだ。

一瞬、意表を突かれたが、すぐに笑って聞き流す。

「好きかどうかは俺が決める。だいたい、おまえが口出しをすることか。いい加減にしろ」

「だって！」

ベッドの上に両膝をついて、ユウキは拳を握りしめた。

「佐和紀は待ってるのに！」

叫ぶように言われて、岡村は目を見開いた。

「待ってなんかないだろ……っ！」

間髪入れずに怒鳴り返す。反射的に振り上げた腕を双子に押さえられる。

星花も合わせた三人がかりで拘束され、岡村は憤った。三人の行為が裏切りに思えて、怒りがたぎる。

「なにが不満なんだよ！」

ユウキが泣きながら叫ぶ。

「一言もなかったからって、佐和紀が期待してないと思うわけ？　違うじゃん！　違うだろ！　傍《はた》で見てればわかるんだよ！　あんたと佐和紀がどういう関係か、僕たちにはわかるのに……っ」

しゃくりあげたユウキは、自分のシャツの胸元を鷲掴みにした。

「追ってくるはずの人間が行かなかったら、佐和紀は動けない！　そんなこと、わかってるでしょ！」

「あの人は、ひとりじゃない」

直登がそばにいる。その男を選んだのだ。

なにのためかは知らないが、岩下や岡村たちよりも、直登を優先した。

「……西本直登のことですか」

岡村の身体に腕を巻きつけた星花が苦しげな声を出す。それだけで、すべて調べてあるのだとわかった。

佐和紀の行方も、あるいは、居場所も。

そう思うから視線が向けられず、岡村は顔を背ける。

誰も信じられず、すべてが自分を裏切っていると思う。

試され、けなされ、叱責される。正解が見つかるまで許されない謎解《なぞと》きは、拷問のようだ。

「佐和紀さんを誘い出したのが、西本だということはわかっています」

聞くまでもなく星花が話し出す。

「岡村さん。どうして、指示してくれないんです」

「そういう関係じゃないだろ。これだけ搾っておいて、いまさら」

「……それは、謝ります」

おとなしくうなだれた星花を、ユウキが蔑《さげす》むように睨んでいる。おそらく、こんなはずではなかったのだろう。

精神バランスが崩れないようにガス抜きを頼んだのが裏目に出て、淫乱の性分が行きすぎたのだ。セックスに夢中になった星花は、目的を忘れてしまった。

星花から視線を転じたユウキと視線が合う。

「佐和紀をひとりにしないでよ……」

震えている声で訴えかけられる。それもまた、岡村には苦痛だ。

責められているのか。慰められているのか。はっきりしないことに苛立つ。

ユウキは困ったように顔を歪めた。

「周平が、佐和紀と別れたのは……、佐和紀を行かせても大丈夫だ、って思ってるのは……、あんたが追うと、そう思ったからでしょ。あんたが追わなかったら、やっぱり周平が佐和紀を助けに行くんだよ？　そうしたら、佐和紀は、まだダメだって、実力がないって、そういうふうに思われる」

「それの、なにがいけないんだ」

「佐和紀が、かわいそうだと、思わないの？」

ユウキはまた泣いている。なにがそれほど悲しいのか、岡村にはわからなかった。

シャツを握りしめ、胸を上下させながら、大きな呼吸を繰り返す。

「あんたたちみたいな男にはわからないかもしれない。でも、でも……」

声を詰まらせ、ユウキはその場に伏せった。泣きじゃくるのを横目に、岡村は双子の腕をほどく。

「岡村さん」

星花の手が、岡村の腕をそっと押さえた。

「待つしかない身のつらさがわかりますか。なにもかもが、自分ではない、保護者の力だと思い知るときの無力さなら、知っているんじゃないですか」

「あの人は、俺を、しつけ損なったんだ。居場所を知ってるなら、そう伝えに行ってくれ」

顔を背けて、その場でローブを脱いだ。

抜け殻だけを残して、ベッドを下りる。

呼び止められることもなく、ひとりで服を着て部屋を出た。酔いはもうとっくに醒めている。

それなのに、まるで夢の中にいるように足元がおぼつかなかった。

＊＊＊

四日後、道元から連絡が入った。

その瞬間まで興味はなかったが、いつもの、どこか弱気な態度が腹にきて考えを変えた。大きな組織の幹部職に就き、岡村よりも立派な立場の男だ。なのに、道元は一歩下がってみせる。へりくだるでもなく、岡村の機嫌をうかがう。

目的は知っていた。苛《いじ》めて欲しいだけだ。

虐げられ罵られて、踏みにじられるのが、道元の趣味だ。正直に言って、相手をするのは疲れる。岡村には、その手の趣味がない。

始まりも、佐和紀の依頼だ。方法はなんでもいいから屈服させて辱めるように指示され、褒められたい一心で道元をいたぶった。

結果、つきまとわれている。関係を絶たないのは、道元が桜河会の幹部だからだ。質のいい情報が手に入る。

その夜の待ち合わせ場所は、横浜の港が見渡せるホテルのバーだった。カウンターでグラスを傾ける道元は、誰が見ても都会的な伊達男だ。細身のスーツを嫌味なく着こなし、すっきりとした襟足をしている。

岩下の若い頃を想像すれば、彼のようになると思う。

ただ、岩下は根っからの支配者だ。誰にも主導権は握らせない。

そこがふたりの違うところだ。

隣の席に座りながら、バーテンダーに声をかける。

「同じものを。……真柴《ましば》はどうしてる」

酒が出てくるまでの繋ぎに話を振った。

道元が若頭補佐を務める桜河会の次期跡取りだ。大滝組に匿われていたことがあり、佐和紀とも懇意だ。

若い恋人を伴って京都へ帰り、結婚式の仲人は佐和紀と周平が務めた。

「今月には子どもが生まれるから、一生懸命に働いてるよ。元々、人望のある男だ。なにの問題もない」

道元が答え、岡村の前にもグラスが置かれた。

「子どもを見るのを楽しみにしてると思ってた。真柴も嫁も驚いてる……」

佐和紀と周平の離婚についてだ。

「当たり前だろ。こっちも同じだ」

そっけなく答え、グラスに口をつける。中身はウィスキーだ。ピート臭がかなり強い。

黙って喉へ流し込み、お互いのグラスが空いたところで立ち上がった。

岡村は先にバーを出て、エレベーターホールで待つ。チェックを済ませた道元が合流する。カードキーをかざして目的階を押す背中へ声をかけた。

「ひとりで来てるわけじゃないだろう」

「お付きは下の階だ。こんなホテルで闇討ちをかけるバカはいないだろう」

「ご時世だな」

岡村はため息をついた。暴力団同士の抗争も、昔に比べれば、起こっていないも同然におとなしい。

下手なことをすれば、自分たちの組長が指導者責任で逮捕されてしまう。

「西はやるのか」

関西の大組織・高山組は分裂の危機を迎えている。大規模な抗争が起こるかもしれないと、興味本位な噂話はあとを絶たない。

みんな、自分が関わらないことには、派手さを期待しているのだ。

「美園が動き回ってるよ。分裂は避けられないだろう。あそこは規模が大きすぎる」

エレベーターが指定階に到着して、ドアが開く。ふたりはふたたび黙った。柔らかな絨毯《じゅうたん》を踏んで廊下を歩く。穏やかなＢＧＭが絶え間なく流れていた。

岡村は前を歩く道元の背中を見つめる。

期待していないふりをしているのが丸わかりで、気持ちが激しく波立った。利口に振舞われるほど岡村の神経は逆撫でされる。それが道元との関係だ。

一番奥にある角部屋のドアを開けると、部屋の中は明るかった。予備のカードが電源に差し込まれたままになっているからだ。

廊下を振り向き、人影がちらつきもしないことを確認した岡村は、中へ入った。ドアを閉じると、オートロックがかかる。

「御新造《ごしんぞう》さんの行方はまだわかってない。どうするつも……」

道元の言葉を最後まで聞かず、腕を掴んだ。力任せに引っ張って、一歩踏み込む。固めた拳でみぞおちを突き、怯んだ身体を振り回して壁に叩きつける。肘先を勢いよく鎖骨の下にぶつけた。

背中を壁に押しつけられ、道元はグッと息を詰める。不意打ちに殴られても、みっともない声を出さないのはさすがだ。

しかし、苦しそうな表情には、どうしようもなく卑しい欲望が滲んでいる。

「勃ててんじゃねぇぞ、くそが」

肘先をずり上げていくと、道元が喉元をさらした。そのまま喉仏を圧迫しながら、岡村は相手を睨み据えた。身長差はほとんどない。

指先を下に向けて股間を握る。ガチガチに硬いものがスラックスの前を押し上げていた。

「話もできねぇだろ。勝手に興奮してんじゃねぇぞ」

屹立の下にある袋を、荒く握り込む。道元の息が細くなり、痛みをこらえた顔が歪んだ。

「脱いで、正座してろ」

喉の圧迫から解放して、岡村はその場を離れる。ミニバーを開き、缶ビールを取り出した。部屋の奥は、洗練された雰囲気だ。広々としている。カーテンはきっちりと閉じられていて、景色は見えない。ダブルベッドの向こうへ回って、ひとり用のソファに座る。

足を組んでもたれ、ビールを飲む。道元は言われた通りに服を脱ぎ、ダブルベッドの足元に膝をつく。いつも通りに全裸だ。

「こっち。這ってこい」

指を下に向けて言うと、道元は両手両膝をついた。顔を伏せて這う。

「ほんと、どうしようもないな、おまえは」

岡村の足元で止まり、うつむいたまま膝を揃える。起こそうとする肩に、岡村は片足を乗せた。靴は履いたままだ。

「桜河会は京都で一番のヤクザだろう。高山組にも屈することなく、独立を守ってる……。そこの補佐が、これでいいのか？」

岡村になじられ、道元は浅い息を繰り返した。バランスよく鍛えた肩がかすかに揺れる。

屈辱を感じているのか、興奮を感じているのか。

その違いは本人にしかわからないことだ。道元のプライドは、決して低くない。桜河会の若頭補佐としての矜持《きょうじ》もある。なによりも、周囲が認める実力者だ。

「みっともない」

ビールを飲みながら、岡村は冷たく言い放った。実際、心はカラカラに渇いている。

性癖なんて人それぞれだ。口で罵るほど、道元のことを悪く思ったことはない。厄介な性癖に同情してしまうこともあるぐらいだ。

しかし、今夜は乱暴な気分だった。星花の部屋でユウキに泣かれたせいだ。気心の知れた4Pで気晴らしをすることができなくなり、余計に鬱憤《うっぷん》が溜まる。

いまさら、新しい相手を探す気力もない。

「道元、聞かせてくれよ。俺はどうするべきなんだと思う」

靴の裏を拭くように道元の肩を踏みにじり、軽くこめかみに靴をぶつけた。両手を床についた道元は、うつむいたままだ。

「あの人を追わないのは、そんなにおかしいことか？　周りが、うるさいんだ。……余計なお世話だと思わないか」

何度もこめかみに靴をぶつけ、先端を滑らせてあご下に回した。

答えは期待していない。答えさせるつもりもなかった。

「今日は、どうして欲しい。補佐さん。関東の下っ端の靴を舐めるか？　それとも、隠しているつもりのそれ、踏んでやろうか」

「……っ」

顔を上げた道元が奥歯を噛んだ。うつろになった目は、感情を消し去ることで、快感を得ている。

「俺に会うまでに、女と何回ヤったんだ」

「三十二回……」

毎回聞かれるので、道元はバカ正直に数えている。知りたくて聞いてるわけじゃない岡村は聞き流した。

その三十二回のすべてが、こうして報告するために数えられていると思うと、ただただ気分が悪い。

もう一度、道元の肩に靴を乗せ、ビールを喉に流し込む。ネクタイをゆるめて引き抜き、岡村は立ち上がった。

「ほら、かわいがってやるから、ついてこい」

先端を垂らすと、道元のくちびるが開く。端を噛んだのを確かめ、岡村はため息をつきながらバスルームへ向かう。道元は四つ這いになってついてきた。犬の散歩気分になれるほど、岡村の頭のネジは飛んでいない。

道元に対してよりも、付き合っている自分にあきれてしまうぐらいだ。

広いバスルームに到着して、岡村はネクタイを落とした。あご先で示すと、道元は素直に空のバスタブへ入った。

股間のモノは腹につくほど反り返っている。京都や大阪では、女を悦《よろこ》ばせる屹立だ。形も太さも立派で、色もほどよくエグい。

「道元、人間の言葉を使っていいぞ」

岡村が許しを与えると、バスタブの中で正座をしていた道元は、はぁっと息を吐き出した。

「踏んで、ください」

「うん」

岡村は口を開かず、あごを引いてうなずく。

ふたりのプレイの形はもう出来ている。いつも手順は同じだ。イレギュラーのない方が岡村の負担も少ないし、道元は先を予測して興奮する。

「お願い、します……」

くちびるを震わせた道元の顔は真っ赤だ。背筋を伸ばし、胸を開きながらのけぞる。腕は腰の裏に回している。

身体は紅潮するとともに汗ばんでいた。くちびるはネクタイを噛んでいたせいで唾液にまみれ、はぁはぁと荒い息を繰り返す。

岡村が動かないことに気づき、ぎゅっとまぶたを閉じた。

「ド変態の、ち○ぽを、踏んでください。お願いします」

「イヤなんだよな」

岡村は本気で言ったが、道元はそれにさえ興奮して、屹立をさらにブルッと震わせる。先端から先走りが溢れ、張り詰めた薄い皮がテラテラと光ってみえた。

「おまえは見た目が男すぎて萎える」

言いながら、バスタブをまたいだ。フチに腰かけ、正座した道元の膝の上へ片足を置く。

「なんで、俺が、おまえのチ○ポを踏まなきゃならないんだろうな。あの人がいないんじゃ、おまえの面倒を見る意味もないのに。なぁ、道元」

もう片方の靴先を両足の間に差し込む。奥に入れて持ちあげ、袋をなぞり上げた。

「うっ、く……っ」

声をこらえた道元はいっそう背中をのけぞらせる。

「ネクタイと靴。持ってきてるんだろうな。てめぇの汚いツバと先走りまみれで帰れねぇぞ」

「は、い……」

プレイをしたあとは、どちらも使う気にならない。だから毎回、道元が新品を用意してくるのだ。

「じゃあ、いい。さっさとイってくれ」

裏筋を靴先で撫で上げ、先端をぎゅっと踏みつける。悲鳴を飲み込んだ道元は、胸を開き、あごをそらした。岡村はただ、緩急をつけて足を踏み込むだけだ。車の運転でもするように、押し込んで離し、ときどき思い出したようににじる。

「うっ……、ぅ、あっ……」

のけぞり、くちびるを開いた道元は、首筋を引きつらせる。身体が脈を打つように震え、やがて、岡村の靴の裏は先走りで濡れていく。

「あっ、ぅ……。はっ、あ……い、き、ます……っ。も、もうっ……」

「んー、もう少し」

眺める気もしない岡村は、自分の手の爪を見た。親指の爪で、中指の爪の裏側を弾く。

その間も、足の動きは止めずに、ぐりぐりと押しつける。

「お、ねがっ、しま……っ」

道元の声が上擦り、

「言えてねぇだろ」

岡村は蔑んで笑う。

「いつもの、いっとけ」

軽い口調で、からかうように先を促す。

「あっ、は……ぅ……」

道元の片が小刻みに震え、顔が羞恥《しゅうち》に歪む。

「い、いかせてっ、いただき、ます……っ」

限界に達しながら、道元は叫ぶように口にする。精液はもうだらだらと噴き出し、あごをそらした道元はガクガクと身体を震わせた。

女が見たら、百年の恋も冷めそうな一瞬だ。

「靴……」

余韻を残さず、岡村は口を開いた。射精したばかりの道元は、わなわなと震えながら、岡村の靴紐をほどく。

舐めてキレイにさせてもいいが、相手をするだけ心が荒《すさ》む。男を辱めても、まるで楽しめない。

星花や双子のプレイを眺めながら適当に混じるぐらいの性交が、気楽でちょうどよかった。

プレイを始める前には苛立っていた心も、変態行為に従事させられ、すでに白けている。

岡村の靴を脇に揃えた道元は、バスタブで窮屈な土下座をした。頭を下げる。

「ありがとう、ございました……。ド変態にお付き合いいただき、申し訳ありませんでした」

「ほんと変態だよ。向こうで酒を飲んでる。……てめぇ、勝手にマスかくなよ？　さっさと出てこい」

言い残して、バスルームを出た。

道元との仲が続いていることは、佐和紀も知っている。しかし、こんなプレイだと想像していないるだろうか。

岡村はジャケットも脱がず、靴だけを汚す。気晴らしをするどころか、嫌悪混じりのストレスが溜まる作業だ。

ＳＭに向いていないと自嘲《じちょう》しながら、まだ残っているビールには手をつけず、新しい缶をミニバーから取り出す。

適当にテレビをつけて、テーブルの上の煙草を引き寄せる。岡村が来ることを想定して、愛飲している銘柄の新品が灰皿のそばに用意されていた。道元のこういうところは気持ちが悪い。

顔が良くて、男ぶりがいいだけに、残念すぎて悲しくなる。

透明なフィルムを剝がして、一本、取り出す。くわえて火をつけた。

しばらくすると髪も洗った道元が、バスローブ姿で現れる。岡村の靴に股間を踏まれていたみすぼらしさは微塵もない。女泣かせの色男は、靴箱をベッドの上に置いた。

箱を見た岡村は、無表情に道元を眺めた。一足三十万を超えるメーカーのシューズだ。

道元はそれをひけらかしもせず、岡村の足元に揃えた。

ピカピカの革靴は黒光りして美しい。

しかし、次もこれで踏んで欲しいと思って選んでいるかと思うと、虫唾が走るのも事実だ。モノに罪はないと思うしかなかった。

「ネクタイはここに」

そう言った道元が、靴の箱の横に、細長く薄っぺらい箱を置いた。

「佐和紀さんを、利用するつもりか」

ソファの肘掛けにもたれて聞くと、道元はベッドに腰かけた。飲みかけのぬるいビールを差し出すと、迷いもなく受け取る。これもいつものことだ。

「食うか、食われるかの世界だ」

プレイが終わると、道元はいつもの口調に戻る。岡村は妙にホッとした。

悪い趣味がなければ、田辺同様、いいツレになれるだろう。

「利用されるなら、その程度ってことになる」

ぬるい缶ビールの残りを飲んだ道元に言われ、岡村はうつむいた。突き放した言葉だが、岡村には真意が汲《く》み取れる。

道元も美園も、佐和紀の実力を買っているのだ。利用されて終わるような器ではないと期待しているからこそ厳しい言葉を使う。

「周りからせっつかれてるんだろう」

道元の言葉に、岡村はうんざりした表情をわざと作った。

佐和紀を探し出すことについて、外野はうるさい。

「どうでもいいやつまで出てきて、いい迷惑だ」

ユウキを思い出しながら言うと、道元の表情に同情の色が浮かんだ。

「探してはいるから。見つかったら、すぐに連絡を入れる。なにか情報があったら流してくれ。……ローラー作戦をするほどじゃないのか」

「誘拐でも拉致でもない。自分で出ていったんだ。それなりにうまくやってると思う」

ビールを飲みながら、岡村は目を細めた。久しぶりに、ヤクザらしい会話をしたと思う。

「なんか、ルームサービスを頼んでもいいか」

気がゆるんだ途端に、岡村は空腹を感じた。

「あぁ、悪い。メニューが」

立ち上がった道元が壁にかかった鏡へ近づき、化粧台の上からパンフレットを持ってきた。受け取って眺める。

ふいに、思い立ち、

「おまえ、俺のをしゃぶりたい……？」

なにげなく聞くと、横からパンフレットを覗き込んでいた道元が大げさに飛びすさった。

「あー、図星か」

「い、いや……い、言って、な……」

「まぁね、させないんだけどな。中華がいい。エビチリと麻婆《マーボー》豆腐。それから、生ビール」

パンフレットを返すと、道元はあたふたと逃げていき、オーダーの電話をかけ始める。

岡村はジャケットを脱ぎ、ベッドに投げた。

道元とのプレイ内容を知ったら、佐和紀はどんな反応をするだろうかと考え、胸の奥に兆すせつなさに息を呑む。

オーダーを伝えている道元の背中を見つめ、手のひらでくちびるを押さえた。

ユウキは佐和紀がかわいそうだと泣いたが、岡村はそう思わない。

あの人は、ユウキとも星花とも違う。

自分の足で立つこともできるし、危険を跳ねのける腕力もある。

みくびっているのだと思い、仕方がないことだと納得した。ユウキにはわからない世界だ。星花は半信半疑で、岩下は知っている。

そして、岡村もまた、佐和紀の実力を否定していない。だから、声をかけずに出ていかれて悲しかった。

役に立つ右腕だと思っていて欲しかったからだ。それでも、追いつけないと、どこかで知っていた。

佐和紀は二歩も三歩も前にいる人だ。

「どうした?」

ルームサービスへ電話をかけている間に冷静さを取り戻した道元が聞いてくる。

「考え事をしてただけだ」

岡村の答えに、

「御新造さんのことだろ」

道元はこともなげに言う。

「その呼び名はもうやめろ。あのふたりは別れた」

「便宜上、な」

道元は鋭い。そして、身辺をキレイにした佐和紀が、自分たちのもとへ合流すると信じている。その約束をしているのかと問いかけて口を閉ざす。代わりに、道元が口を開いた。

「俺が誘っても、あんたは来ないだろ？」

ベッドに腰かけて笑う。岡村も大阪に来て働けと言うのだ。

「仕事がある」

端的な返事をする。道元は肩をすくめた。

「誰かに代行をさせればいい」

「あそこは、岩下の……」

言いかけてくちごもる。聞いてはいけないと思ったのか、道元は追及してこない。

岡村はゆっくりと目を伏せた。利益のほとんどを自由にできるが、基本的に岩下が所有権を持っている。しかし、決定権は岡村に譲られていた。

人事権も、経営プランも、売り上げの分配も。

つまり、組事務所へ戻れと命令されるまでは、まだ岡村の裁量で動かせる。金も、人も、だ。ビールの缶を揺らし、岡村は考え込んだ。

眉をひそめて首を傾げながら、この先を考える。道元はずっと黙っていた。

その夜は、久しぶりに自宅マンションへ、足が向いた。

いつも気が重い道元とのプレイも、今日に限っては気分転換になったからだ。

シャワーを浴びてパジャマに着替え、携帯電話を確認する。静香からの着信が入っていたが、折り返しの電話はかけなかった。

そして、もう一件。こちらは田辺からだ。

電話に出なかったので、メールが届いている。

ウィスキーを氷入りのグラスに注ぎ、指をマドラー代わりにして氷をくるくると回す。

ソファに座って、田辺からのメールを確認した。

内容は、悠護《ゆうご》が来日するとの知らせだ。

実際はコードネームで表記されている。彼は大滝組長のひとり息子で、海外在住のパーティーピープルだ。資産家の金を運用していると言うが、なにもかもがうさんくさい。

嘘と真実を交錯させて、正体を隠しているような男だ。

それでも、岩下に資金援助をしたり、石垣の留学を助けたり、協力は惜しまない。岡村にとっては、ますます正体不明の人物だ。

その男が日本に帰ってくると伝えられても、カバン持ちをしていた頃と違い、岩下のそばから離れた岡村には関係がない。

来日を伝えるのなら、秘書業務をしている支倉が適切だ。

岡村はウィスキーをちびりと飲む。

田辺が連絡先を間違えるはずがない。そうだとしたら、悠護は岡村に用があって来日するのだ。また佐和紀に置いていかれたことに関して、突き上げを食らうのかと思い、うんざりとした気分になる。

岡村の周りは佐和紀の保護者だらけだ。岡村の気持ちを考えもせず、佐和紀のために動け、駆けつけろと繰り返す。

「気持ち、か……」

独り言を口にして、グラスを傾ける。

想えば、涙ぐむほどに佐和紀が恋しい。だから、必要とされたかったのだ。

佐和紀は強く、岡村は弱い。

ぼんやりと目を細め、座る人のいないソファを見た。

そこに佐和紀がいたらと、切実に願う。もしも相談されていたら、岩下のように行かせてやれたのかと自分自身に問いかけてみる。

自分たちとはまるで関係ない男に対して、佐和紀は過去を償っているのだ。

きっと、止めただろう。関西のいざこざに飛び込むことも、危険すぎて承諾できない。

それでも、佐和紀は行くはずだ。

岡村は携帯電話を操作して、周平のナンバーを画面に表示した。

どうするべきなのか。相談してみたかった。

佐和紀の望みと、岩下の期待。

そのふたつを問いただしたら、ちゃんと動ける。

そう思いながら、画面を見つめた。

ボタンひとつで電話はかかる。けれど、岩下は電話に出ないかもしれない。

コールできずに、画面を消した。

自分の弱さが、ひしひしと身に沁みる。いまさら、岩下を頼っていいはずがなかった。

佐和紀が好きだから、右腕になるべくそばにいたいと申し出たのは自分だ。許してくれたのは、佐和紀が望んだ以上に、岩下が期待していたからだろう。

電話をかければ、期待を裏切る。

もう裏切っているのかもしれないが、いっそう決定的になってしまう。

「はぁ……」

考えるのに疲れて、呆《ほう》けた息をつく。

遠回りをしているが、心の整理は少しずつ進んでいた。

事実をひとつずつ並べて、ひとつずつ確かめる。そうしたら、傷つかずに佐和紀をあきらめられると思う。

あきらめた方が楽だ。こんなふうにうち捨てられ、試されることには耐えられない。

「結婚、するか……」

静香の顔を思い出し、片膝を引き寄せる。なにをするにしても覚悟は必要だ。このままではもういられない。

人は変わっていく。前向きにも後ろ向きにも、進むことができる。良くなることも、悪くなることも、停滞して腐っていくことも自由だ。

グラスをテーブルに置いて、ソファから立ち上がった。ベッドに潜り込む。

道元の相手をしたせいで、身も心も疲れ切っている。星花や女を相手に、爛れたセックスをしている方がマシだと思ったが、そうやって否定することも、道元にとっては一連のプレイのような気がしてしまう。

あれがなければ、道元とは気心の知れた友人になれると思うこともある。しかし、プレイを共有しなければ、対等な立場で話すことはできない。

プレイの内容を佐和紀に知られなければそれでいいと考え、この期に及んでもまだ佐和紀に良く思われたい自分に気づいて笑う。

あきらめることも、嫌いになることもできない。死ぬことを選べないのと同じだ。

本当はいますぐに追いかけて、身の安全を確認したい。

ひとりで行った理由と言い訳も聞きたかった。

動けないのは、ただ否定されることがこわいからだ。

佐和紀を忘れたいと願いながら、その夜も、岡村は佐和紀のことを考える。

苦労をしていなければいいと心の奥から祈って目を閉じる。

脳裏に浮かぶ佐和紀は、岡村が知っている一番きれいな横顔だ。

周平を見つめて、微笑むときの佐和紀に会いたい。

しかし、それはもう無理だ。ふたりは離婚して、別々に暮らしている。

なにもかもを捨て去って、佐和紀は本当に平気なのだろうか。変わっていく自分に不安を抱かないのだろうか。

佐和紀が成長するスピードについていけず、岡村は闇の中で目を見開いた。

本当に、置いていかれてしまう。そう思った。

4

静香の家庭で子どもたちと過ごす日々は新鮮だ。そのときだけは佐和紀を想う鬱屈《うっくつ》から解放されて、岡村は少しずつ、自分の中の新しさに慣れていく。

ユウキのことがあってから星花の部屋へ足が向かなくなり、いまはオフィスと静香の部屋の往復で時間が過ぎている。

静香とはセックスすることはない。それでも、朝と夜にキスをするようになった。女が取り仕切る普通の暮らしも、爛《ただ》れたセックスに慣れすぎた岡村を慰めるのにじゅうぶんだ。幸せな家庭へ加わってみるのも悪くはない。

そう感じると、姉のような静香をひとりの女として見ることの違和感も薄れた。

オフィスのデスクに置いた携帯電話が鳴り、書類から視線をはずす。知らない番号が表示されているのを見て、心臓がどくんと跳ねた。

佐和紀だろうか。

引き寄せる指がかすかに震えたが、躊躇《ちゅうちょ》はしなかった。

「はい」

携帯電話を耳にぴったりと押し当て、息づかいも聞き逃すまいと緊張する。心臓が激しく波打ち、息が詰まった。

『岡村だよな？』

聞こえてきたのは、佐和紀の声ではなかった。

岡村の身体《からだ》から、ざぁっと音を立てて血の気が下がる。ビジネスチェアの背もたれに崩れ、天井を仰ぎ見た。かかるはずのない電話を待っている侘《わび》しさが、身に沁《し》みて哀しい。

『聞こえてるのか？』

電話の向こうの声に聞き覚えはなかった。

「名前を名乗るのが礼儀だろう」

動悸《どうき》の激しさに顔をしかめながら、相手に応《こた》える。浅く息を吸い込んだ。

『ユーゴだ。悠護。田辺から聞いてないか？』

言われておぼろげに思い出した。数日前のメールだ。遅れて『連絡が行く』とメールが来たことも忘れていた。

「あぁ、失礼しました。お久しぶりです。お元気でしたか」

当たり障りのない返事をすると、忍び笑いが聞こえてきた。

『元気だよー。そっちほどの事件はないなぁ』

ふざけた物言いは悠護の特徴だ。わざとチンピラのように振る舞う。

『話したいことがあるから、出てきてくれるか』

「すみません。仕事が……」

『一、二時間の息抜きぐらい、できるだろ』

できないなら無能だとばかりの勢いで言われ、思わず怯《ひる》んでしまう。

その隙《すき》を突いて、待ち合わせの時間とレストラン名をまくし立てられた。電話は一方的に切れる。

呆然《ぼうぜん》とした岡村は取り残され、携帯電話を眺めるしかなかった。

「……湘南《しょうなん》だろ、そこ……」

レストランの名前に覚えがある。携帯電話で検索していると、オフィスのドアがノックされた。顔を見せたのは支配人の北見だ。

「決裁済みの書類を受け取りに来ました」

「そこの束はもういい。……これから出かけてくる。こっちは帰ってから目を通すよ」

書類を文箱《ふばこ》に入れて引き出しに片づける。鍵《かぎ》をかけた。

「どちらまで。車を出しましょうか」

立ち上がった岡村に向かって、北見が言う。岩下の友人であり、岡村よりも年上だが、いまは部下だ。年齢よりも見た目がぐっと若く、物腰は柔らかい。

「場所は湘南だ。自分で運転していく」

「……そうですか」

「なにか、問題が？」

携帯電話をジャケットの内ポケットに入れ、ボタンを留めながら聞く。

片方の眉《まゆ》をひょいと上げた北見が笑った。

「調子が戻ってきたように感じただけです」

「……元から崩してない」

本当にそんなことが言いたかったのかといぶかしんだ岡村は、ユウキのことを思い出した。妙な噂《うわさ》を耳にしたせいで、星花の部屋まで押しかけてきたのだ。

「ユウキに、余計なことを吹き込んだだろう」

デスクの前に出て、問いかける。北見は肩をすくめた。

「いいオンナができたから、立ち直るって話をしただけです。できたんじゃ……？」

「どこでそんな話を」

「それを言うと、いろいろなぁ……」

視線がすいっと逃げていく。噂の発端は岩下だと気づいた。

静香が話したわけではないだろう。おそらく見張りがつけられているのだ。

「否定しないところを見ると、あながち、嘘《うそ》じゃない？」

北見に問われ、今度は岡村が視線を逃がした。北見は申し訳なさそうに笑って続ける。

「ユウキには、結婚でもしたらいいのにって、軽い冗談のつもりで話しただけです。食ってかかられたんですか」

「……それはもう。あやうく犯すところだった」

「能見に殺されますよ」

北見の笑い声には、深刻さの欠片《かけら》もない。しかし、見つめてくる視線は違っていた。

「結婚するもしないも自由です。いっそ、結婚指輪をつけて追いかけたらどうですか」

「……誰《だれ》を」

岡村の声が低く沈む。

「岩下も気が長くなったと思いますよ」

急に話を変えた北見がオフィスを横切り、ドアを開ける。

歩き抜けた岡村は廊下で振り向いた。

話はなにも変わっていないと気づく。北見はずっと同じ話をしているのだ。

「北見さんで、取り回せますか」

デートクラブの社長職を任せられないか、思い切って聞いてみる。

北見はいつもの調子で肩をすくめた。

「現場で手いっぱいです。代理をお立てになればいい」

にっこりと笑ったが、実質上のシャットダウンだ。現実にも、追い立てられるようにドアが閉められてしまう。

ひとりで廊下に出た岡村はエレベーターホールへ足を向ける。

代理を頼めるような人間がいるだろうか。裏社会を知っているだけでなく、途中で投げ出すことのない人間だ。しかも、頭の回転が速く、口も堅くなければならない。顧客の情報が漏洩《ろうえい》したら、大変なことになる。

条件に合う人間は思い浮かばなかった。簡単じゃないからこそ、長く岩下がみずからで担当していたのだ。

エレベーターの到着を知らせるチャイムが鳴り、扉が開く。

「うわっ！　おっどろいた……っ！」

ぼんやり出てきた若い男が飛びすさる。スカウト担当の仲《なか》だ。

「社長〜。……雰囲気が！　めちゃ怖いです！」

大げさに震えながら、エレベーターのドアを押さえる。すれ違いざまに脇腹《わきばら》を拳《こぶし》でつついてからかい、岡村は地下階のボタンを押す。

「いってらっしゃいませ」

体勢を整え直した仲は、小気味のいい声で一礼した。

指定された海沿いのレストランへ入ると、岡村を呼びつけた悠護はのんびりと食事をしていた。

ウェーブのパーマがかかった髪は、毛足が長く、派手な金茶色だ。

真っ白な襟付きのシャツを着ているが、上から羽織っているのは花柄のジャケットだった。黒地を埋め尽くすように描かれている。近づくと、セットアップなのがわかり、岡村は真顔で戸惑った。日本人離れしていて、声をかけるのをためらってしまう。

そうしているうちに向こうが気づき、にやりと笑った。

食事が終わるまで外で待たされ、江《え》ノ島《しま》を眺める浜辺へと向かう。国道を渡り、波よけの間にある階段を下りた。

空は鈍色《にびいろ》に曇り、波高い海を渡った十二月の風が冷たく吹き抜ける。平日だというのに、ボードに摑《つか》まるサーファーの数は多い。

スーツの上にトレンチコートを着ていた岡村は、前ボタンを留める。悠護は首に巻いたブルーのストールにあご先を埋め、風になびく毛先をゴムで縛った。

「チンタラしてんのは、どういうの？」

おもむろに言われて、岡村は視線をそらした。悠護の向こう側に、江ノ島が見える。

佐和紀とは何度も見た景色だ。夜も昼も夕暮れも。ふたりで砂を踏み、濡《ぬ》れた波打ち際をわけもなく歩いた。思い出すと、胸の奥が震える。佐和紀の袖がはためくから、ずっと摑んでいたこともあった。

　佐和紀を忘れる努力はできないままだ。息をしているだけで思い出してしまう記憶は、これからも心の中に留《とど》まり続ける。

　トレンチコートのポケットに手を入れて、岡村は目を伏せた。

「言いがかりですよ。行方を知っていて追わない人に言われる筋合いはありません」

　言い切って、悠護を見据えた。対抗心を剝《む》き出しにした岡村に対して、悠護は洒脱《しゃだつ》な仕草で肩をすくめた。父親である大滝組長の仕草に、どこか似ている。

「残念ッ！」

　と、悠護は叫んだ。

「知らないんだよな。あいつが逃げるときは、いつだって見事なもんだ。俺のときもそうだった」

　うっすらと笑った顔に憂いが滲《にじ》む。

　悠護が話しているのは、佐和紀の過去だ。横須賀で友人を見捨てたあと、流れに流れてたどり着いた静岡で、佐和紀は『美緒《みお》』と名乗ってホステスをしていた。

　まだ十代後半で、怪しまれながらも『女』で通していたらしい。

　佐和紀は体毛が薄くヒゲも生えないから、若い頃なら押し通すこともできたのだろう。

「その気になれば、探し出せるんじゃないんですか」

「まー、やってもいいよ？　でもさ、そのときはもらっていくよ。おまえらに任せてると危なかしくってていけない」

悠護はいつになく真剣な目をして言った。岡村と岩下の出方次第では、佐和紀を奪っていくつもりでいるのだろう。

普段は世界中を飛び回っているパーティーピープルだが、そこで得た情報を元にした為替や株のトレーディングで荒稼ぎをしている男だ。持っている資産の桁数《けたすう》が違う。

「……どうして、そうしないんですか」

「あいつが美緒じゃないから」

そう言って、悠護は表情を歪《ゆが》めた。

佐和紀をまるっきり女だと思って愛していた悠護には、いまも複雑な感情があるらしい。男だったとわかって、それでもいいと思う気持ちと、自分の愛した女ではないと思う気持ちの間で揺れている。『美緒』が源氏名に過ぎないからなおさらだ。

切り分けられた人格には実態がない。悠護が愛した女は、どこにも存在していなかった。

「それは当たり前でしょう」

岡村は冷淡に返す。

佐和紀は佐和紀でしかない。どんな名前を名乗っていても、女のふりを見事に演じていても。

岡村は男である彼が好きだ。

しかし、性別を理由に安全圏に留まりたい悠護の気持ちもわかる。本気になれば、岡村のように振り回されるだけだ。

「もういい加減、夢を見て追い回すのはやめたらどうなんですか。美緒は単なる芝居だ。その頃にだって、佐和紀さんには、恋愛感情なんてこれっぽっちもないですよ」

「言うねぇ……」

悠護は軽い口調で首を傾《かし》げ、

「自分の尻尾《しっぽ》を追いかけて、ぐるぐる回ってる、ダメ忠犬の言うこととは思えねぇよな」

嘲笑《ちょうしょう》を浮かべながら、指を下に向けて、ぐるぐると回した。

「あいつが美緒なら即時回収だ。男でも女でも、大阪になんか放流できるか。……でも、佐和紀だからしない。出た理由がどうであれ、あいつは大阪のいざこざに関わっていくんだろう。男を上げるか、大ケガをするか。……俺は、見守る」

俺は、を強調した悠護が、眉根をぎゅっと寄せる。しかし、一瞬だけだ。すぐにほどいて、かぶりを振った。

「おまえみたいな頼りにならないヤツに期待したって無駄だ、って、俺は言ったんだけどな。聞く耳、もたねぇから」

誰のことを話しているのか。岡村は内心で首をひねった。

岩下か、それとも、姉の京子《きょうこ》か。

悠護は親指を立て、江ノ島とは逆の方へ倒した。

視線を追った岡村は、意表を突かれる。素直に、驚いた。驚きすぎて呆然とする。

まったく気づかなかったのは、記憶に残る姿とあまりに違っていたからだ。

風に乱れる栗色の髪に、薄い色つきのサングラス。ブルージーンズを穿《は》き、細身のスタジャンの襟元からトレーナーのフードを出している。

海を見ていた若い男が振り向き、サングラスをはずした。

その目は、会話をする前から怒っている。

「……タモツ」

岡村のつぶやきを合図に、悠護があとずさり、アメリカ留学中の石垣保《たもつ》は砂を蹴《け》った。

助走をつけた跳び蹴りは、岡村が避《よ》けることも計算に入れて、腰のあたりにヒットする。

ふたりして砂に転がった。

石垣はすぐに起き上がり、岡村のトレンチコートを引っ摑んだ。まさぐるようにして襟を摑まれる。

殴られると思い、岡村は相手の手首を摑んだ。それと同時に、石垣が身を屈《かが》めた。思いっきり頭突きされて、あやうく鼻を折られかける。

なんとか額で受けたが、強い衝撃に脳が揺れた。息を乱しながら、岡村は手を振り上げ

た。石垣の頬《ほお》に叩《たた》きつけて、二度三度と繰り返す。

石垣は砂を摑んだ。投げつけてきたかと思うと、また襟に手を伸ばしてくる。息を乱して転げ回るふたりを、悠護は離れた場所で眺めるだけだ。しゃがんで、煙草《たばこ》に火をつける。

摑みかかってくる石垣を押しのけて、岡村は叫んだ。

「いい加減にしろ！」

ケンカ慣れしているのは、断然、岡村の方だ。昔からそうだった。

やり合えば、ケガをするのは石垣だ。

「シンさんがっ！　悪いんだろっ！」

引き起こされて、身体を押される。波打ち際に近づいていることに気づいて、岡村は身を引いた。勢いづいて出てくる石垣の右足を、内側から払う。そのまま体重をかけて、後方に倒した。

「一本！」

叫んだのは、見物していた悠護だ。

大内刈りを決められた石垣は、悔しそうに顔を歪め、肩で息をする。そこへひときわ大きな波が打ち寄せてきて、岡村は慌てて石垣の腕と首根っこを捕まえて引きずった。

ふたりして逃げ惑い、砂の上を転がる。

間一髪、濡れずに済んだが、ほうほうの体で逃げ出したお互いがおかしくて、笑いが弾《はじ》けた。いい年してやることではない。ひとしきり笑い転げて、相手の腕や肩を押し合う。

「……アニキは知ってるのか」

笑いながら聞くと、目に涙を浮かべた石垣が腹を抱えて答える。

「知ってるわけないだろ。今夜の便で向こうへ帰る。機内泊の実質日帰り」

「バカか」

「……俺にここまでさせてんのは、あんただよ」

石垣の手が、コートの裾《すそ》を摑んだ。一緒にいた頃は短い髪を金色に染めていたが、いまはナチュラルなカラーリングで、服の趣味もマトモだ。

チンピラの要素は皆無で、生まれ変わったかのように見違えた。

「いくら待っても、あんたが動いたって連絡が来ないんだ。落ち着けるわけがないだろ」

「……佐和紀さんに怒られるぞ」

石垣にコートを摑ませたままで、片膝《かたひざ》を抱き寄せた。顔を伏せる。怒られるのは自分だと、岡村はわかっている。

「障害になってるのは、なにですか。アニキに止められてるんですか」

勢いよく問いただされて、岡村はあ然と顔を上げた。

「え？　違うの？」

石垣が怯《おび》えた顔になり、上半身をそらした。じわじわと不信を募らせた目が、岡村の顔を覗《のぞ》き込んでくる。聡《さと》い男だ。十で百を理解してしまう。

「シンさ〜ん……。俺がいない間に、やらかしたんですか？　佐和紀さんを怒らせるようなこと。……ま、さか……っ」

「うるさいよ！　そんなこと、できるか……」

声がどんどん小さくなる。

「キスぐらいしてんだろ？」

悠護もやってきて加わる。佐和紀のくちびるを知っているのだろう悠護と、留学に出かける間際の空港で佐和紀のくちびるを奪って逃げた石垣。そのふたりを交互に見た岡村は、苦虫を噛《か》みつぶしたような思いで顔をしかめた。

ガバッと立ち上がったが、瞬時に引き戻される。右の肩を石垣が、左の肩を悠護が押さえていた。

「悪い、悪い。そうじゃないから、佐和紀はおまえに優しいんだよな？」

悠護が言う。岡村はまっすぐに前を睨《にら》んだ。波が寄せては返し、潮騒《しおさい》と海風が混じり合う。

それが自分の周りの雑音と重なり、苛立《いらだ》って、声を荒らげた。

「優しくなんかありませんよ！　俺になにも言わないで行ったんですから。そもそも必要とされてなんか……」

それ以上は言葉にしたくない。くちびるを引き結んだ岡村越しに、悠護が石垣を見た。石垣も悠護を見る。

「うわー、どうしましょうか」

石垣が棒読みで声をかすれさせ、悠護はぶるぶると全身を震わせた。

「殴って、首まで埋めたい」

「いいですね。いっそ埋めて帰りますか」

「……なんだよ！　おまえらは！」

岡村は叫びながら腕を振り回した。からかわれているとしか思えなかったが、チラリと見たふたりの顔は笑っていなかった。

それどころか、悲痛そうに眉をひそめている。同情を感じ取った岡村はいたたまれない気持ちになった。いっそ埋めて欲しい。それが道化らしい結末だろう。

「まぁ、仕方がないな。あいつの前だと、男はみんなチェリーボーイに逆戻りだ」

悠護に肩を叩かれる。石垣もこくこくとうなずく。

「シンさん。あきらめましょう。惚《ほ》れた相手が悪かったんですよ。……俺よりましだと思いませんか。遠ざけても追ってこないと思われたんですよ」

「さびしがってた」

岡村が言うと、石垣はしんみりとうつむいた。

「……それはね、少しぐらいは、そうじゃないと……。でも、いまはどうなんですか。ひとりで戦ってるんですよ。俺がいないぐらいで寂しがるひとなら、なんでひとりにするんですか。……シンさん。佐和紀さんの信頼を裏切らないでください」

「先に裏切ったのは、向こうだ。俺よりもアニキよりも、過去を選んだ」

「西本直登ってヤツですか？」

悠護から聞いているのだろう石垣が声をひそめる。

「それこそ、どういうつもりなのか、佐和紀さんに聞いてください。……本当に、あの人の意志なんですか」

「どういうことだ」

岡村は悠護へ視線を向けた。石垣が得た情報の出所は彼だ。

「直登のそばには、あいつの面倒を見てる『アニキ分』がいる」

悠護ははっきりと言った。

「それが糸を引いてるとしたら、佐和紀の償いだけが理由じゃないかもしれない」

「アニキは知ってるんですか」

「……わからない。あいつも食えない男だ。……佐和紀とは分けて考えろ」

岩下には岩下の都合があるという話だ。出奔するように仕向け、遠ざけた可能性もある。

考え込んだ岡村の肩を、悠護が軽く叩いた。

「ぜんぶ推定だ。事実じゃない」

膝を伸ばして立ち上がる。大きく腕を突き上げて伸びを取りながら、岡村と石垣を残して波打ち際へと歩き出した。

背中を見つめる岡村の隣で、石垣が薄く笑う。

「悠護さんの言う通りなんですよ、シンさん。アニキの思惑がどうでも、西本直登がどうでも、そんなことはいいじゃないですか。大事なのは、佐和紀さんです。あの人が、思うように動けることだ。シンさんが引くなら、俺が戻ります。いま、決めてください」

「おまえ……」

「これでも覚悟を決めて来たんです。佐和紀さんはがっかりすると思うけど、背に腹は代えられない。……わかってます？　俺が留学を放棄することより、追ってきたのが、シンさんじゃないことにがっかりするって、そう言ってるんですケド」

石垣はいかにも嫌そうに顔を歪め、岡村の横で膝を抱えた。

「……知世は、どうしてます？」

「ユウキが引き取る。いまは退院して軽井沢の別荘で療養中だ。それなりにやってるよ。あいつは強い」

「あんたや俺より若いですもんね」

「……佐和紀さんを焚《た》きつけた張本人だ」

顔をしかめた岡村をチラリと見て、石垣は苦笑する。一緒にいたときのままの、子供っぽさが垣間見《かいまみ》えた。

「あっちもこっちも、あの人に期待かけすぎじゃないですか。チンピラなのに、かわいそうだ」

そう言いながら、石垣は肩を揺らした。自分の言葉が上滑りしているとわかっているからだ。佐和紀はもう、かつてのチンピラではない。

生き方を決めかねて、目上の指示に流されていた頃はとっくに過ぎて、腰の定まらないチンピラのフリを好んでいるだけだ。周りを油断させておいて、肝心なところを掌握してしまう。

石垣と岡村が小気味よいと惚れ込んだ、佐和紀の男気だ。

「佐和紀さんが納得するなら、過去の清算でも償いでも、なんでもすればいいじゃないですか。あの人の好きなように、思うように、してもらいましょうよ」

「……あの人のそばは、地獄だ」

岡村が本音を漏らすと、石垣は小さく唸《うな》って答えた。

「天国なら、アニキだって、佐和紀さんに惚れてませんよ」

地獄だと知っているから、岩下は好んで落ちていく。

岡村はその通りだと笑いながら潮騒に耳を傾けた。岩下は、天国や幸せや愛情を信じていない。そのすべてを信じて打ちのめされた過去があるからだ。

しかし、一方で、地獄や不幸を肯定する岩下の生き方が、どれほど岡村や石垣の救いになったか、わからない。

背中合わせに存在する片方を認めるとき、かならずもう片方も立ち現れる。光に影が伴うように、影にも光が必要であるように。ものごとには二面性があると教えられた。『普通』を定義するのは自分自身だと『岩下班』の舎弟たちならみんな身に沁みて知っている。人間の生き方はさまざまだ。すべての淀《よど》みを受け入れて、たったひとつのかけがえのないなにかを掴む。そうしたら、もう離さないのだ。

そのために生きるなら、岩下はどんな大金でも貸してくれる。ここぞというときに、背中を押してくれる存在だった。

過ぎた日々を想い、海風に髪を舞い上がらせた岡村は目を細めた。

海を愛した佐和紀を忘れることはできない。

大きな船と波音と、汐《しお》の匂《にお》いを愛していた。

風に舞い上がる短い髪を押さえもせずに振り向いた姿を思い出す。

顔の作りは抜群にキレイだ。しかし、それだけに焦がれたわけではない。

指一本触れることができなくても、それでかまわないと思わせる魅力があるから、引き込まれていく。

男のくせに、同じ男を夢中にさせて、命を懸けさせて平然としている。そういう悪魔めいたところに惹《ひ》かれたのかもしれない。

好きだと思いを告げて、心を捧げたときから、岡村はもう佐和紀のものだ。

だから、キスをするのもしないのも、触れるのも触れないのも、岡村の幸福のありかでさえ佐和紀が決める。

捨てるのも捨てないのも、置いていくのもいかないのも同じことだ。

岡村に選択権はない。そんなものは、はなから、なかったのだ。

忘れることも、あきらめることも、できるはずがない。

許されていないのだ。探し出して追いかけ、指示を仰ぐ。それしかない。

「おまえとここで会ったことは、誰にも言わない」

海を眺めたままで口を開くと、石垣が肩をぶつけてきた。

「そうしてください。タカシのバカがうるさいから」

笑いながら腰を上げて、岡村のことも引っ張って立たせる。

「まとまったかー。岡村、まだ時間、いけるんだろ？　飲みに行こう。帰りは横浜で落としてやる」

大股《おおまた》で戻ってくる悠護に誘われ、岡村はあきれた。

「俺の車はどうするんですか」

「明日、取りに来いよ」

本気か冗談か、悠護はニヤニヤ笑う。

「イヤですよ。三人で飲むほど『仲良し』には、なりたくありません」

服についた砂を払い、石垣の肩を叩いてその場を離れる。

悠護はたやすく繋《つな》ぎを持っていい相手ではない。

「おい！」

その悠護に呼び止められ、振り向いた。

花柄のセットアップはやはり、湘南の海辺で見ても派手だ。

「デートクラブの代行を探してるなら、田辺だ。貸してやるよ。うまく囲い込んでやれ」

悪びれもせずに、自分の駒《こま》を譲ってくる。

実家のヤクザ稼業が嫌で外に出たくせに、結局は父親によく似ているのだ。似ているからこそ、ヤクザになるまいとしたのかもしれない。

人の悪い助言に会釈で返し、岡村は階段を駆け上った。

足抜けをしたのに足を洗えないカタギの田辺は、デートクラブの代理にぴったりだ。岡村が正攻法で頼んでも断るだろうが、頼み方ならいくらでもあった。

悠護が使っていいというなら、岡村も遠慮なく動ける。

「思いっきり、売られてるな……」

他人《ひと》ごとに同情して肩をすくめた。

＊＊＊

二日後。岡村は軽井沢にいた。

前日の雨が嘘のように晴れやかな空だ。高原の空気は凜《りん》と冷たく、都会よりも一足早い冬が訪れていた。

天祐荘も枯れ木立に囲まれ、夏の華やかさが嘘のように落ち着いている。枯れ葉が掃かれたアプローチの階段を上り、こげ茶色の木材と石壁の洋館に近づいた。

扉の横についた呼び鈴を鳴らす。何度か繰り返して待っていると、扉が開いた。

「岡村さん、いらっしゃい」

顔を見せたのは知世だ。ゆったりとしたオフタートルのニットは、ミルクベージュの色合いで白い肌によく似合う。頬に貼《は》った大きなガーゼはまだ痛々しいが、やつれていないだけ元気そうに見える。

「どうぞ、入ってください」

招き入れられ、土足可の館内へ靴のまま入る。玄関ホールでコートを脱ぐと、知世が手を差し出した。ハンガーでコートかけへ吊《つ》るす。

「やっぱり岡村だった？　早かったね。飛ばして来たんでしょう」

奥から出てきたユウキは、さっぱりとしたサックスブルーのボートネックセーターに、センタープレスの利いた白いパンツを合わせている。

一週間前のやりとりを忘れたように笑っているのは、知世には知られたくないことだからだ。察した岡村も、余計なことは言わなかった。

「お茶を用意してもらうから、サロンに案内して」

ユウキが消えると、知世に促されて奥へ向かった。

建物は傾斜地に建てられていて、玄関やリビングは二階部分だ。一階と三階に寝泊まりする部屋があり、元々はプチホテルだった。

玄関ホールを右手に曲がってまっすぐ行くと、アンティークな応接セットの置かれたリビングがある。ユウキはサロンと呼んでいた。

「家政婦がいるんです。俺とユウキさんだけなので」

前を歩く知世の足取りは頼りない。進みも遅かった。ケガをしたことに加え、長く床についていたからだろう。

「思ったよりも調子がいいみたいだな。安心した」

背中に声をかけると、

「良くしてもらってますから」

はにかんだ知世にソファを勧められる。

「岡村さん……。どこか、痛めているんですか」

立ち襟のカーディガンの上から腰骨に手を当てた岡村の仕草に気づき、知世が心配そうに言う。

ゆっくり座った岡村は苦笑いを浮かべた。二日前、石垣に跳び蹴りされた場所が打撲痕《だぼくこん》になっている。クリティカルにヒットしたせいで、まだじんわりと痛い。

「いや、ちょっと……」

「無理しないでくださいね」

向かい側に座った知世が控えめな声で言う。

誤解されていると気づいたが、セックスしまくっている生活も嘘ではない。どこで噂を聞いているとも知れず、あいまいにかわした。

「わざわざ、軽井沢まで来てもらって……。お仕事は大丈夫ですか」

しばらく続いた沈黙を嫌がるように知世が口を開く。

緊張しているのが伝わってきて、岡村は申し訳ない気分になる。最後に会ったのは、病室だ。怒りに任せてなじったことが、遠く思い出された。

「知世。俺が難癖をつけにきたと思ってるのか」

「難癖じゃないですよ。……なにもかも間違っていたと思うこともあります。三井さんにも、すごく怒られたんです」

「泣いてただろう」

岡村が言うと、知世はうつむいた。

「卑怯《ひきょう》ですよね、三井さんって。デリカシーがないかと思ったら、すごく繊細なところもあって……。正直に言って、自分のために、あんなに泣いてくれる人がいるとは思いませんでした」

「怒られる方が、よっぽど気が楽だろう」

「はい。本当に……」

「俺も、佐和紀さんも、泣かなかったと思うか」

「え？」

知世は目を丸くした。考えもしなかった顔だ。

「泣かないのは、涙が出ないからじゃない。それよりも先に、やることがあるからだ。まだ若いおまえをどうやって支えていくのか、一生懸命に考えてたよ……。おまえが自分の心の中にある傷に、自分自身で傷をつけ直したことはみんなが理解してる。だから、その傷が膿《う》んで、おまえ自身をまた苦しめないように、経過をよく見てやろうとみんなが考えてる。思う以上に、おまえは大事にされてるんだ。……わかってるよな」

「はい……」

知世は静かにうなずいた。

わかるからこそ、後悔をすることもあるのだろう。

「まぁ、岩下さんは例外だな」

岡村が苦笑すると、

「利用されたとは思ってません」

知世が答えた。

「自分のことだけなら、あんな方法でなくてもよかったことはわかってます」

自分自身の手で兄を殺すことも考えたのだろう。

しかし、それはしなくてよかった。人を殺《あや》める罪は、自分を殺すことと同罪だ。

罪は傷ではないから、消えることも癒《い》えることもない。

「岡村さんと出会って、佐和紀さんのそばに置いてもらって、いまさら俺が始末をつけるなんて、できないって思ったんです。……まぁ、あそこまでされるとは、思ってもみなかったのが本音です」

知世はそっと、右手の指で左頬のガーゼをなぞった。

「兄は、俺を妬《ねた》んでました。……初めて知った。いつだって俺から奪うだけだった人が、誰よりも俺を羨《うらや》んでいたなんて、あんまりにもバカバカしくて……。笑えました」

「……おまえにとって佐和紀さんは、どういう存在なんだ」

上半身を傾けた岡村は知世の話を遮った。手を組み合わせて身を屈め、うつむきがちな知世の表情を覗き込む。

「どんな……。えっと……」

知世が言い淀んでいる間に、年配の家政婦が紅茶の支度を運んできた。繊細に絵付けされた陶器のティーセットが並べられる。

一杯目をカップに注《つ》いだ家政婦が出ていくのを待って、知世が言った。

「佐和紀さんは、俺にとって……。『信頼できる大人』です。そういう、感じ。……佐和紀さんのそばにいると未来が信じられるじゃないですか。人は前に進めるって、そういう気持ちにさせてくれるから」

「俺を好きだったんじゃないのか」

極めてフラットに尋ねた。からかうでも責めるでもない。

知世の心のありかを、ただ確かめる。

小さく息を詰まらせた知世はじっとまぶたを閉じた。感情をやり過ごすように黙り込み、やがてゆるやかに息を吐き出す。

「いまも……です。けど、口にする資格なんてない。いまの答えも、忘れて欲しいです」

自分の膝を握りしめた知世は、昂《たか》ぶる気持ちを落ち着けるように深呼吸を繰り返した。

岡村はただ見守り、言葉もないままにティーカップを持ちあげた。

茶葉のいい香りがして、知世の置かれている環境の良さを実感する。文化的にも豊かで、落ち着いた暮らしだ。

「俺が許したら、少しは気が楽になるか」

紅茶はまだ熱くて飲めない。くちびるから遠ざけてソーサーへ戻す。

知世は答えなかった。願うこともおこがましいと思っていることが、緊張した雰囲気から伝わってくる。

佐和紀を焚きつけたことは、知世にとって、よほどの覚悟だったのだろう。それを目的としなければ自分を奮い立たせることができず、佐和紀と共に戦っていると思うからこそ、兄との直接対決に臨めた。

悲惨な結果になったのは、想像以上に知世の兄の精神が壊れていたからだ。それも、知世の兄を麻薬中毒に追い込んだ由紀子のせいかもしれなかった。

京都から流れてきた女は、北関東に麻薬販売ルートを作ろうと目論《もくろ》んでいる。だから岩下は知世を囮《おとり》にした。事件の隠れ蓑《みの》にして、大滝組を揺るがすシマ荒らしの詳細を追っていたのだ。

「知世。……人の気持ちはいつだって自由だ」

口にした言葉は、岡村自身の胸に刺さる。

「迷惑だと思われたから終わりにできるものでもないだろ。……ないよなぁ」

短いため息をついて、ソファの背にもたれた。

「岡村さん。話しておきたいことが、いくつかあります」

真剣な声で言われ、ソファにもたれた姿勢で視線を向ける。

「俺がユウキさんといるのは、療養のためだけじゃありません」

「うん……」

うなずいて、先を促す。

知世の瞳《ひとみ》は揺るがず、しっかりと岡村を見ていた。肉体は著しく傷つけられたが、心は以前とは比べものにならないほどしっかりと根づいている。それも、佐和紀という心の支えがあるからだ。

「岩下さんと京子さんは、由紀子を司法に任せるつもりでいます」

「……裁判？　おまえに対する傷害か……」

それとも、薬物使用売買だろうか。由紀子という女は、余罪を数えればきりがない。

「関西でもかなりの被害を出しているみたいです……。被害者を探して、証言を集めてます。どれかを選んで逮捕させるつもりです。もしくは、すべてで。そのときは、俺も協力します。兄が他殺だった証拠が出れば、もっといいんですけど」

「……全然、利用されてないじゃないか……」

あ然として、そして、すぐに笑いが込み上げてきた。

「されてますよ。岩下さんは、これを見越して、俺を囮にしたんです。かならず、あの女を引きずり出すように頼まれました」

知世は強い。それが若さだというなら、眩《まぶ》しいぐらいだ。

「ユウキは、そのときのためにおまえを保護してるってことか。能見が人質だな？」

「佐和紀さんとの友情もあると思いますけど……。それから、俺を痛めつけた男の中に、西本直登がいました」

思わぬ名前に、岡村は真顔になった。

「知って混じっていたかはわかりません。でも、逃げることができたのは、彼のおかげだと思います」

「それにしては、タイミングが遅すぎるだろ」

怒りが込み上げてきて、声が低くなる。

知世は目をパチパチさせて、ふっと息を吐き出した。

「……入院している部屋まで、来たんです」

「はっ？」

飛び上がるように背もたれから離れた。

「警備がついていても病院です。忍び込む方法はいくらでもある。見たことのない若い男と一緒でした。その男から、いろいろ言われて……、それで」

「いろいろって？」

「……このままだと佐和紀さんが飼い殺しにされるとか、俺のケガが無意味になるとか。わかってるようなふりをしていたけど、どれも少しずつ的外れで……」

「西本直登のアニキ分だな」

「その気になれば、ユウキさんが俺と同じ目に遭うと脅されました。俺もまだ混乱していて、佐和紀さんに家出を勧めると約束を……。でも、佐和紀さんに勝負に出てもらいたかったことは本当です。岩下さんと別れるとは思わなかった」

「……つまり、佐和紀さんも脅されてるのか」

「その可能性はあります。でも、それ以上に、佐和紀さんは西本直登の兄のことを悔やんでいました」

知世がわざと岡村に隠していた事実だ。

佐和紀の後悔や迷いを知っていたら置いていかれることもなかったのかと考えてきたが、行き着いた答えは単純だ。

どちらにしても変わらない。

いつからか、佐和紀は本音を口にしなくなった。頼ることが、自分に惚れている岡村を惑わせると感じていたかもしれない。

まるでまとわりつく波のように、岡村の気持ちは佐和紀の足を重くしたのだ。その事実から目をそらすわけにいかない。

「人が過去にこだわることを、後ろ向きだって思いますか」

知世の言葉に、岡村は黙って視線をそらした。日の差し込むテラスでは、色づいた木々が枝を伸ばし、景色を包んでいるようだ。

思い出すのは、ここでも佐和紀の笑顔だ。

岡村の口説きを聞き流したあとで、どうしようもない男だとあきれて笑う。想いに線を引いても、愛情を拒絶しきれない人だった。

「思わないよ」

と、岡村は答えた。

「……あの人なりに、ケジメをつけておきたいこともあるんだろう」

佐和紀も、今日をしのぐことだけに必死で生きてきた男だ。若い頃から水商売で食いつなぎ、あちこち流れて横浜へたどり着いた。

ようやく手にした岩下との生活が幸せであればあるほど、直登を見捨てられなくなったのだろう。それほど過去を悔やんでいたのだ。

「佐和紀さんにとって、西本兄弟は家族同然だったのかもしれないですね。……岡村さん、関西の事情も考えると、佐和紀さんは大阪だと思います」

「西本直登のことは？」

「一生、一緒にいるつもりで行ったわけじゃないはずです。佐和紀さんは、道元と美園から協力を頼まれても、岩下さんのことがあるからと断っていました。看板をはずすことができた、いまなら、合流すると思います」

「……なるほど。それだけ、よく見ておいて、俺には言わなかったわけか」

「……っ」

知世が息を詰まらせる。

「おまえはなにが気に食わなかったんだ。あるんだろ、そこに本音が」

あえて岡村に対して口を閉ざしてきた。その理由だ。

岩下の策略や佐和紀に対する嫉妬では、話が通らない。

「俺を出し抜きたくなるような、不満が……あったんじゃないのか」

岡村はなるべく優しく問いかけた。詰問すれば意地になって口を閉ざすと思ったからだ。

「……道元です」

知世がくちびるを尖《とが》らせた。初めて見るような、つんと拗《す》ねた子どもっぽい仕草だ。

岡村はぽかんと口を開いた。

「だって、岡村さん……、道元の相手をするじゃないですか」

「おまえの相手もしたら、よかったのか」

「い、言ってません！」

「そんなことで拗ねるなよ」

人のことを言えた義理ではないが、思わずつぶやいてしまう。

道元との関係は、佐和紀のためだ。やりたくてやっているわけではない。

それでも、知世には積極的に関《かか》わっていると見えたのだ。道元と比べて、自分が相手にされていないように感じたのかもしれない。

恋心の繊細さだ。岡村も覚えがある。いまも、我がことのように、胸がえぐられる。

「おまえも言わないタイプだからな」

ぼそっとつぶやくと、知世が前のめりになる。

「お、岡村さん……っ、き、聞いても、いい、ですか……っ」

詰まり詰まり言われて、足の上に頬杖《ほおづえ》をつきながら小首を傾げた。

「いいよ」

と答えると、知世は深呼吸を三回してから口を開いた。

「あいつとどこまでしてるんですか。エッチ、しているんですよね」

「……え？」

足の上に置いた肘《ひじ》がずるっと滑る。セックスと言われるより、妙に恥ずかしい。

「しないだろ。あのときも……」

言いかけて、岡村は大きく両肩を落とした。初めから誤解が生じている。

佐和紀に命じられて京都のホテルで道元をM調教したとき、知世は途中まで手伝っていた。道元が抵抗しなくなったタイミングで、バスルームから出したのがいけなかったのだ。

「あのときも、俺は挿《い》れてない。道具を使っただけだ」

「でも、声が……」

「出させたんだよ。動画を撮ったから」

「本当に、本当ですか」

「……おまえは俺をなんだと思ってるんだ」

「好きな人……」

即答したあとで自分の発言に気づき、知世は真っ赤になった。両手のひらで目元を覆い隠す。

「だ、だって……、そうだと思って……っ。あいつも、俺にはそんなふうに言うから」

「騙《だま》されたんだ。俺だって、突っ込む穴ぐらい選ぶ。いまだって……。とにかく、後ろはしてない。挿れるわけがないだろう。……おまえにもしてないんだから。道元相手じゃ、もっとしない」

「もしも佐和紀さんがヤれって言ったら、するんですよね」

「……聞くな」

考える余地のないことだ。

「道元も俺に突っ込まれたいとは思ってない。あいつはセックスがしたいんじゃなくて……こんな話、いるか？」

「いります」

背筋を伸ばした知世は、きりっと答えた。

「あー、そう。……道元のアレはプレイだ。ストレス発散なんだろ」

「じゃあ、岡村さんじゃなくても……」

「そうだよな」

と、あいづちでごまかした。

岡村が突っ込む相手を選びたいように、道元も虐げられる相手を選んでいる。責め方もそうだが、下手に脅しをかけられない安心感があるのだろう。

知世との間に沈黙が流れ、岡村は紅茶を一口飲んだ。ぬるくなり始めている。

「……知世」

元から色の白い肌は、紅潮してピンクがかって見えた。

「俺とするか？」

静かな問いかけは思う以上に淫靡《いんび》に響く。知世の肩がびくりと震えた。

「……その言葉だけで、いいです」

顔を隠したまま、知世はうつむいた。

ふたりがセックスをするには、佐和紀の許可がいる。手を出すなと釘《くぎ》を刺されているからだ。

それでも、痛めつけられた知世の心は誰かが癒やさなければならない。

「正直、いまは、そういうことを考えられません」

「悪かった」

「……優しいですね」

くちびるを噛んで笑う知世の目に涙が滲んでいる。

加えられた暴力の凄惨《せいさん》さが透けて見え、岡村は浅く息を吸う。恋愛にならなくても、知世に対しての情はある。

されたことを冷静に想像すると、腹の中が煮え立つ。

「俺は大丈夫です。岡村さんを裏切ってでも、佐和紀さんにぜんぶ預けたつらさです。佐和紀さんが戻ってこられるときには、褒められるぐらいの俺でいます」

「……そうか」

「はい。岡村さん。大阪での行動を考えると、名前は置いていった方がいいです。潜入先は、真幸《まさき》さんが整えてくれます。会いに行ってください。……待っているはずです」

紅茶に砂糖を溶かした知世は、世間話をするようになにげなかった。

「さしでがましいとは思ってませんよ。……今日、ここへ来たということは、そういうことだろうと思ったんです」

「仲がいいとは知らなかった」

真幸は美園の愛人だ。政治活動の運動家でもあり、いまは岩下に匿《かくま》われている。

佐和紀とは茶飲み友達のような間柄になっていた。

「当たり障りのない関係です」

紅茶を飲みながら知世が答える。

「あの人も得体が知れないので、あんまり近づきたくないですけど。まぁ、それなりに付き合います。……佐和紀さんと岡村さんの後方支援は、どうしたって、三井さんには頼めませんから」

三井はいまでも岩下に近い位置にいる。協力は、本人の重荷だろう。

「療養、するんだったよな？」

「俺が動く必要がなければ、いいんじゃないですか」

挑戦的なことをさらりと言って、知世は肩をすくめた。

「ゆっくりしていけますか？　よかったらユウキさんも誘って、ご飯に行きましょう」

「泊まって帰ればいいんじゃない？」

いつのまにか現れたユウキが知世の隣に腰かけた。

並ぶと絵になるふたりだ。枯れ葉の舞い散る木立に立たせたら、愁いを帯びていっそう美しいだろう。

佐和紀に見せたかった。自分の容姿を棚にあげて、美人を眺めるのが好きな男だ。

「亭主が血相変えて飛んでくるぞ」

岡村を仮想敵と決め込んでいる能見を思い出す。ユウキはにっこりと微笑《ほほえ》んだ。

「いいね。来てもらおう。……岡村もたまには役に立つね」

ウキウキと立ち上がる。

「……俺のせいで、会う回数が減ってしまったので」

声をひそめた知世は、穏やかな視線をユウキの背中に向けて見送る。知世が特別に強いわけではないのだと、岡村は思った。

強くありたいと願う彼の背伸びを、黙って支える人間がいる。

懸命に生きれば傷はつく。それは当たり前だ。

「レコードがあるんですよ。かけましょうか」

立ち上がった知世が、壁に沿って置かれたチェストに近づく。

「なにがいいですか？　クラシックとジャズです」

「好きな一枚は？」

そう聞くと、知世は一枚のレコードケースを引っ張り出した。

「これですね。女性ボーカルの」

ケースからレコードを取り出して、チェストの上のプレーヤーに乗せる。

岡村も立ち上がり、針を落とす瞬間を眺めに行く。

「……さっき、俺を奮い立たせてくれたのは佐和紀さんだって話をしたじゃないですか」

ピアノの高い音がこぼれ落ちるように響き、やがてメロディアスな歌声とアルトサックスの音が入ってくる。

岡村の隣に立った知世はくるくる回るレコードをじっと見つめ、

「いま、俺を支えてるのは、あなたです」

消え入りそうに震えた声は、困難に立ち向かう宣言に聞こえた。

なにも言わずに肩を抱き寄せ、傷ついた心を包むように、ミルクベージュのセーターに腕を回す。知世はただ立っているばかりだ。

息をひそめ、体重をかけてくることもない。

ふと視線を上げると、出入り口の壁にもたれるユウキが見えた。

岡村に向かって軽く指先を揺らし、優しいまなざしを知世に向ける。

佐和紀が帰ってくる頃には、きっと、知世は新しい自分を手にしているだろう。

そうであって欲しいと、岡村は思った。

きっと佐和紀も、同じように願っている。

5

「やっぱりフラれちゃった」

赤いテーブルクロスの上で、小さなろうそくが揺れている。

コース料理の最後に出てきたチョコレートババロアをスプーンですくった静香は、それを口に運ばなかった。

「慎一郎くんが決めたことに、横から口出す権利はないけど……。冷たい人だと思うわ、佐和紀さんのこと」

長い髪をハーフアップにして、今夜の静香は美しく着飾っている。ほどよく見せた胸元に、若い女では到底出せない、大人の色気があった。

まだ残っている白ワインを口に含み、岡村は申し訳ない気持ちで目を伏せた。

「優しくて、都合のいい相手だと思って、惚れたわけじゃないから」

心を見失っていた間の気づかいに、感謝と謝罪を告げたばかりだ。それはつまり、結婚はできないという意味になる。

「ふたりに利用されて、それでもいいの？　私にはわからない。……わかろうとしちゃいけないことは知ってるけど、でも」

「静香さん。今夜を限りに縁を切らせてください」

岡村の言葉に、静香の手が動いた。ワイングラスを掴み、そして動きを止める。

「やめてよ。そんなに湿っぽい女にしないで」

肩で大きく息をして、中身を飲み干す。

「……慎一郎くんは幸せになれるの？」

「母親よりも優しいことを言わないでくださいよ」

軽く手を挙げて、ウェイターに合図をする。お互いのグラスにワインを注いでもらう。

「そういうのを滅私奉公っていうのよ」

ワイングラスを傾ける静香にチクリと刺され、岡村は笑う。

「いつも通り、笑って眺めていてください。横浜に戻ることがあれば、またここで食事を」

「慎一郎くん、いい男なのにね」

目を細めた静香はデザートを食べ始める。

「要領が悪いのかも」

岡村が言うと、くちびるからスプーンを引き抜いた。肩をすくめ、

「……岩下さんが夢中になるぐらいの人が相手だものね。要領の良し悪しじゃないわ。そ

ばにいないと、慎一郎くんの心が死んじゃうみたいだし、仕方ないいんじゃない？　あんまり危ない橋は渡って欲しくないけど……、余計なお世話よね。したいことをしたいようにして死ぬのが、人生の醍醐味《だいごみ》だもの」

デザートを口に運びながら、静香はサバサバとした口調で続ける。

「私はそう思って、あの三人を生んだのよ。男なんてね、どうでもいいの。いなくなることは、初めからわかってる。期待なんて、いつも最初だけよ。それでも、好きだったのよね……。おかしいと思わない？　結局、愛した男が三人もいたわけよ。どの男もクズだったのに、いい思い出もあるのが、最低」

「あの子たちは、女性を傷つけたりしないと思いますよ」

「千人斬りを目指していても？」

「翔琉がむなしさに気づかないことを祈ります」

「あー……。実感がこもってるぅ……」

ふざけた静香は耳につけたピアスをいじる。

「縁は切らないわ。友達だもの。知らないうちに行って、知らないうちに帰ってきて。佐和紀さんにたくさん褒められてきたら、お祝いをするわ」

「いいですね」

微笑み合って、それぞれワインを飲む。

「ねぇ、慎一郎くん。最後にセックスする？」

静香の目に淫欲が兆す。自分から離れていく男にほど欲情するのだろう。悪い癖だと思ったが言わなかった。

「しません」

笑いながら断る。別に意味はなかった。

ほのかな欲情は感じているが、静香とはしたくない。それだけのことだ。

「待ってる人がいるものね」

静香に言われて、岡村はうつむいた。ゆるんでしまう頬を止められない。

「……そういうとこよ、慎一郎くん。その人は、あなたの恋人じゃないのよ。どうして、ニヤけるのよ」

「……すみません」

待っていても、待っていなくてもいい。

探して、追いかけて、斜め後ろに寄り添って、背中を守りながら同じ道を行く。

「俺、やっぱり、あの人が好きで仕方ない」

胸の奥がぎゅっと痛んで、それを幸福だと思う。

報われないと人に言われても、傷つく気持ちもない。報われたくて愛するわけではないことを知っている。

「そこまで愛されると、ちょっと恐怖かもねぇ」

静香は、神妙な顔つきで言った。

＊＊＊

岡村が依頼する前から動いていた星花は、数日のうちに佐和紀の行方を調べ上げた。

「実は、岩下さんのところへ情報を取りに行ったんです」

「え？」

報告の途中でいきなり言われて、岡村は心底から驚いた。

ソファの背もたれから起き上がると、双子の手が離れる。隣に座って、同じように肩を揉《も》まれていた星花が振り向いた。

セックスをするだけに存在するような部屋にも、ビジネスモードは存在する。部屋の灯《あか》りは相変わらず桃色だったが、爛れた雰囲気を醸し出す人間はいなかった。

「向こうの出した条件は？」

恐る恐る聞くと、長い髪を低い位置で丸くまとめた星花が微笑んだ。

「無料《ロハ》だった。ここのところの岡村さんとのセックスが高く評価されたかな……」

「苦労してないだろ」

思わずツッコミを入れると、星花は声をあげて笑う。

「佐和紀さんのダイヤが質に流れて、足がついたって。盗難対策に文字を彫り込んであるらしいね。まー、やることにソツがない。でも、佐和紀さんはどこかに隠されてる。西本直登も一緒に。兄貴分の木下《きのした》については、そこの調書にまとめてあるから」

テーブルの紙ファイルだ。

「木下は完全なノンケで、女と金にしか興味がない。知り合いのヤクザから仕事をもらって、債権者とか目障りなチンピラを、直登に殴らせてる。グループに所属しているでもないから、半グレ未満のチンピラってところ」

重要なところだけをかいつまんだ報告を聞きながら、岡村はふたたびソファにもたれた。双子のマッサージも再開する。

「佐和紀さんに関する目撃情報は？」

「木下の行動をもう少し見てからでないと……。大阪は勝手が違うから。距離もあるし、気づかれたら対処が遅れる」

「わかった」

「岡村さんの新しい身分証は暁明《シャオミン》が手配します」

中華街でカフェを営んでいる男は、チャイニーズマフィアの幹部でもある。

「暁明に対しては金でカタがつきますけど、あの男も金でいいんですか」

「今度、金を渡すことになってる」

真幸のことだ。知世が言った通り、彼は岡村を待っていた。

現地でフォローに入りたいと話した岡村に、真幸が確認したことはひとつだけだ。自分の愛人である美園が、佐和紀との共闘を望んだかどうか。

美園本人に聞けばいいと思ったが、そういうことを話す関係ではないのだろう。

岡村が肯定すると、真幸は納得した。

佐和紀が美園を手伝うのか、知りたかったのだろう。そう聞けばいいのに、わざわざ美園を主語に置くのは、彼のためになることをしたいと願う愛情ゆえだ。

いろいろとわけありの男は、名前と反対に幸の薄そうな笑みで書類を出した。

すでに大阪潜入の段取りは組まれ、岡村が使う偽名も用意されていた。架空の人物ではなく、事業に失敗して関東にいられなくなった実際の男になりすますのだ。

戸籍も保険証も揃《そろ》っていたが、写真が必要な運転免許証だけは暁明が偽造することになった。

本人がどこにいるのかは、聞くものではないと真幸にあしらわれる。

すでにこの世にいない可能性もある。聞くだけ重荷が増えるので、深入りはしない。

真幸に提示された礼金は驚くほど安かった。仕掛けの大きさを考えれば破格だ。

佐和紀の顔を立てた割引だと言われたが、それも実際は美園のためだろう。

その証拠に、別れ際の真幸は「美園によろしく」と言った。そのときだけは幸せそうに見えたから間違いない。

「潜入先を探してくれるんですよね？　彼に関しては探らないように、岩下さんから釘を刺されましたけど」

「やめとけ。あの男は『美園の愛人』。それだけにしておくのがいいってことだ」

岡村は言ったが、星花は不満そうだ。

「まぁ、そうですね。見えない裏事情に気を回しても仕方ないけど。あっちもこっちも不穏じゃないですか」

「なにが」

「岩下さんですよ。気になりません？　佐和紀さんを手放して、荷物まで捨てて。居場所も知らないなんて、嘘に決まってる」

「あの人が嘘つきなのは、出会ったときからだ。本当のことなんてなにもない」

佐和紀の居場所も、身の安全も、ひそかに調べ上げて確認済みだろう。それでも情報をくれないのは、岡村を試しているからで、なによりも岡村自身が聞こうとしないからだ。

頼れば早いのだとしても、泣きつく気はない。

直属の舎弟でなくなったからには、星花たちを動かす何倍もの金がかかる。

「大磯《おおいそ》の御前からの頼みごとを引き受けたって噂ですよ。だから、佐和紀さんを逃がした可能性もある」

星花に言われ、岡村は目を伏せた。

「……昭和の名残か」

表と裏の、ちょうど中間に居座っている大物フィクサーだ。

よっぽどの情報通でなければ『大磯の御前』という呼び名も知らないだろう。もはや消えかかった都市伝説のような人物だ。

「まだまだ力はあるみたいですよ。まぁ、頭の端に置いといて」

「カゴに入れて隠すぐらいなら、広い空に逃がす、か……。あの人らしい」

「そんなのんきに……。岩下さんは公安とも繫がってる。ヤクザのくせして警察官僚ともべったりだ」

「デートクラブの客だろう」

「よく考えてみて。……あの真幸って男のやり方は、社会活動家にしては、手際がきれいすぎませんか？　一般人がやれることじゃない。……たぶんね、部署違いの公安繫がり。真幸さんは、公安のスパイだと思う」

星花は自信ありげに肩をそびやかす。

「……悪い。俺はマル暴の世界しか知らないんだ」

正直に打ち明けた岡村に対し、星花はにっこりと微笑んだ。

「知ってます。だから、俺がそばにいるんだし。……お礼は、今夜のアレで」

舌なめずりするように見つめられる。

「やっぱりするのか」

「しないとね。向こうへ行ったら、しばらくは会えない」

「……さびしいか？」

からかうように言って、きれいな横顔に指を伸ばす。星花は長いまつげを伏せる。

「岩下さんを忘れさせてくれた恩を感じているだけです」

「俺に惚れたんだろう？」

「野暮なことを聞かないで。……うぬぼれてるね」

ふっと向けられた瞳は、淫欲に濡れている。岡村は親指で星花のくちびるをなぞった。

葡萄色《ぶどういろ》の口紅が剝《は》げる。

じっと見つめて、かすかに笑いかけた。

「これぐらいが佐和紀さんの好みだ。もてない男は、なおさら相手にされない」

「かも、ね」

星花が、岡村の指先に吸いつく。そのまま押し込み、濡れた舌を探す。

「……田辺の恋人は、どうだ」

親指を星花に吸わせながら、後ろに控えている双子へ視線を向ける。

ひとりがうなずいた。

「生活パターンは調べました。人員の準備も済んでいます。いつでも、どうぞ」

「本当にするの？」

岡村の指を舌で押し出した星花は、妖艶《ようえん》に微笑んだ。

「代行は、田辺が適任だ。絶対に、首をタテに振らせる」

唾液《だえき》で濡れた指先を星花の頬で拭《ぬぐ》い、岡村は手を挙げる。質問に答えた双子の片割れが身を屈め、手のひらに頬を預けてきた。

引き寄せながらのけぞり、舌先から触れるキスを交わす。

濡れた水音をわざと大きく響かせて、ほどほどで頬を押しのけた。

「うまくやれよ。おまえたちに失望したくない」

岡村の言葉を聞いた星花がふふっと笑う。

「こわいね」

「兄貴分譲りだ」

うそぶいた岡村は、真剣な目で息を吸い込んだ。

＊＊＊

そぼふる雨が、中華街を濡らす午後。客足の途絶えたカフェで、岡村の前に座った真幸は運転免許証の側面を目の高さに上げて検分していた。

「よくできてる」

そう言って、テーブルの上に置く。

顔写真は岡村だが、名前は『横澤政明《よこざわまさあき》』になっている。なりすます相手の名前だ。岡村が回収して書類ケースの中に片づけると、今度は真幸が書類を出してきた。

十二月も半ばになり、街はクリスマス一色だが、中華街の裏路地はいつもとまるで変わらない。テーブルの上に置いた中国茶が香り、じめじめと湿った陰鬱《いんうつ》な空気が少しだけ軽くなる。

偽造運転免許を用意した暁明の営むカフェで、岡村と真幸は隅の席を選んで向かい合っていた。

「横澤が身を寄せる先ですが……。ここです。高山組系阪奈会の三次団体、葛城組《かつらぎぐみ》」

見せられたのは、暴力団の資料だ。

「幹部の千早《ちはや》という男が面倒を見ます。もちろん、岡村さんの事情は知りませんから、あくまでも横澤として対応してください。さきほどいただいた金は手付けとして向こうへ回します」

「……真幸さんへの謝礼のつもりだったんですが」

「わかってるでしょう。俺に金を使って欲しいわけじゃない」

「美園さん、ですか……」

岡村の予想は当たっていた。

「あの人は金策がうまくない」

真幸は、はにかむような笑みを浮かべて言った。しかし、男気と腕力で乗り切る美園に、心底から惚れているのだ。

「この先、関西がどう揺れても、金は確実に必要になる」

真幸はうつむきがちに説明する。

「分裂を狙《ねら》っている真正会《しんせいかい》の連中は、札束を嗅《か》がせて、引っぱたくのがうまいから……」

「詳しいんですね」

「そのあたりも、資料にまとめてあります。よく読んで、うまく立ち回ってください。向こうへは持っていかないように。頭に叩き込んだら燃やしてください。……佐和紀さんの居場所は、摑めましたか？」

「だいたいは」

「あまり焦らず、うまくおびき出して……」

「わかってます。佐和紀さんと接触できたら、美園さんと桜河会の道元さんに繫ぎを取って連携を取ります。真幸さんは、ここまでということで」

書類を引き寄せて言う。

「岡村さんはいいですね」

中国茶のカップを持ち上げ、真幸は薄く笑った。幸薄いと表現するのがぴったりだが、人に本心を悟らせない表情だ。

「俺は、離れることでしか愛情を表現できない。もっと素直になれと言われるんですけど、泣いてすがることが本心じゃないのに、できるわけないと思いませんか」

「いっそ、嘘をついてくれ、と言われた方がいいですか」

岡村の言葉に、眉根を開いて笑う。

タートルネックのセーターにジャケットを着た真幸は、たいした特徴もない地味な男だ。

「その方がいいです。美園の思う愛情と、俺の思う愛情は違う。離れていれば、会っているときぐらいは嘘がつけます。満足した気分で大阪へ帰してやれる」

「自分の愛情に合わせて欲しいとは、思わないんですか？」

質問を投げかけると、真幸は悲しそうに目元を歪めた。

「美園には無理なんです。傷ついたら、そこから崩れてしまうような人だ」

それほど追い込んだことがあるのだろう。真幸は見た目ほど軟弱でも平凡でもない。姿を消しては、大ケガをして保護されるような生き方だ。

過去を思い出すように宙を見つめ、真幸は軽く首を振った。

「どうしようもなく、好きなんですよ」

うつむいて、ゆっくりと口にする。自分の言葉を舌先で味わうような口調だ。

どこかで聞いたセリフだと岡村は思う。

言葉にすれば同じことなのに、人の気持ちはひとつひとつ違っている。

「岡村さん。前に、佐和紀さんから言われたことがあるんです。美園を抱きしめてやりたいだろうって……。そんなこと、考えたこともなかった。うまく奪わせて満足させないと、終わってしまいそうで。言われて、妙に納得しました」

「そういう人ですよ」

岡村はしみじみと答える。

誰のこともすぐに抱きしめてしまう。その腕の中に入れて守り、そっと背中に回してかばうのだ。

唯一の例外は岩下だろう。抱きしめて甘えさせても、背中にかばうことはしない。佐和紀は、岩下の腕の中に収まるのが好きだ。

「佐和紀さんが、岩下さんの手元から飛び出せたのは、やっぱり、岡村さんが追ってくると信じてるからですね」

　真幸の言葉に岡村は苦笑いを浮かべる。真実は誰にもわからない。岡村はただ肩をすくめる。

「……違いますか？　事情はよくわからないですけど、岩下さんの根気強さも相当だと思いますよ。岡村さんが自分で動き出すまで、じっと待って……」

「首の皮一枚ってところだと思いますよ、それは。実はすごく怒っているかもしれない」

「それはどうかな」

　真幸は笑って続けた。

「岡村さんをけしかけられないのは、岩下さんが、佐和紀さんに怒られたくないからだ。……佐和紀さんは、岩下さんが差し向けてくる助けは、欲しくないんですよ。それは自分の実力じゃないでしょう。そういうふうに考える人だと思いますが。……岡村さん。置いていかれたと思うなら、それは、あなたの勘違いですよ」

　どこにでもいる冴《さ》えない青年のふりをして、真幸はやはり鋭い。

「たぶん、佐和紀さんにとっても、ひとつの賭《か》けなんです。岡村さんが拗ねて怒って、自分を見捨てると思いながら、それでも見えない絆《きずな》を信じているはずです」

「どうしてそんなことが言えるんですか」

　あまりに美しい語りだ。『拗ねて怒って』の部分はあえて無視して、岡村は怪しむように真幸を見た。

「『岡村は俺のものだ』って言ってましたよ。なにの迷いもなく、当然みたいに。……文配しているだけなら、しないような表情だった。まぁ、本人に聞くといいですよ。怒って詰め寄る権利はあると思います」

「真幸さんでも同じようにするんですか……。美園さんに」

「それは……、美園がするよ」

真幸は、心から嬉《うれ》しそうに微笑んだ。

「俺が良かれと思って飛び出すたびに、どれほどきつく怒られたか……。人に心配されるのが嬉しくて、それが美園だから余計に嬉しくて……、結局……」

「結局？」

岡村は先を促した。

「美園の胃に穴が開くんです」

あっさり言って、肩で息をつく。どこかうっとりして見えるのが、空恐ろしい。

「なまじ下手に我慢強いから。布団が染まるぐらいに血を吐いて……緊急入院……。いま、美園に同情してますよね」

「それは、もう……」

上背のある美園を漠然と思い出す。肩も胸も広く、体格のしっかりした豪胆なタイプだ。

その美園が血を吐くほど追い詰められるなんて、よっぽどのことだろう。

「愛情は人それぞれですよ」

真幸はまたあっさりと言った。

「自分の中にあるものを、それだけを、たいせつにするのが一番いい。なにを犠牲にしても、報われないのが人間じゃないですか？　業なんですよ。俺の生き方も変わらないし、美園の生き方も変わらない。相手がヤクザをやめてきたからって、俺がこの生き方をやめるわけでもないですしね」

「クールっていうのか、なんていうのか……」

岡村の背中がひやりと冷たくなる。

「佐和紀さんだって同じでしょう。それは俺たちが『男』だからじゃない。ひとりの人間だからだ。人間だから、愚かで罪深くて、それでいいんですよ。どうぞ、気をつけて行ってきてください」

真幸が立ち上がる。目で追った岡村の脳裏に、ふと思いがよぎる。

「真幸さん。知世に……」

なにを吹き込んだのか。そう言いかけてくちごもる。

言えなかった。知世の決断の裏に、いま聞いたばかりの言葉があったとしても、道を選んだのは知世だ。佐和紀を大阪へ向かわせることで美園を支えようとする真幸の思惑もまた、岡村には責められない。

真幸は美園を愛している。だから、佐和紀を動かすなにかを探していたとしても、それはもう、そそのかされてしまった知世が弱かったのだ。

なにひとつ気づかず、佐和紀だけを見つめる幸福に酔っていた岡村自身にも非がある。人の想いは複雑に絡み合う。利用されて泣くのは逆恨みだ。もっとしっかり自分の人生を見据えなければ、誰だって簡単に扇動される。

立ったまま動きを止めた真幸は、困ったように眉根を寄せた。

「美園の役に立ってください。横澤さん。頼みましたよ」

感情に乏しい声は、外の雨よりも陰鬱に響く。

目の前から消えた真幸を視線で追うことはしなかった。

ひとり残った岡村はカップに手を伸ばす。

真幸が知世をそそのかし、知世は岩下の思惑に踊るふりで、佐和紀を押し出した。結果として佐和紀は、自分の過去を口実に暮らしを捨てたのだ。

どれもすべて、ひとりひとりの意志だろう。

誰ひとりとして弱いはずがなく、知世でさえ弱者の役割を受け持っただけに過ぎない。

損をするのはいつだって、岡村のような傍観者だ。

役を引き受ける勇気のないまま、周りの思惑に流されていく。

それでいいと思えないのなら、役割を引き受けるしかないのだろう。自分の運命の輪を、本当の意味で回すことができるのは自分自身だ。

岡村は覚悟を決めた。自分のためだけに佐和紀を追う。待っていても、いなくても、必要とされていても、いなくても、佐和紀の右腕として生きることだけが岡村の望みだ。

自分の人生の舵取《かじと》りは、佐和紀にも任せられない。これ以上、背負わせ、守らせてはいけないとも思う。駆けつけて寄り添って、手を貸したい。

小さく息を吐き出して、岡村はカフェの出入り口を見つめた。逸《はや》る気持ちを、ぐっと抑えた。

＊＊＊

大阪行き前、最後に残った大きな課題はひとつ。

田辺が大理石の灰皿を摑んだ。

力いっぱいに投げつけられ、岡村はひょいとかわす。

宙を飛んだ重い灰皿は、壁に沿って置かれたキャビネットにぶつかって跳ねた。

大きな音を立てて、ガラスが砕け散る。

「よけるなッ！」

無茶なことを叫んだ田辺は、肩をいからせる。柔らかなパーマヘアーが乱れ、怜悧《れいり》な印象の眼鏡《めがね》に毛先がかかった。度の入っていないレンズ越しに向けられた視線には憎悪さえ感じられる。

岡村は斜にかまえて受け流した。先に激昂《げっこう》した側が不利になる鉄則を忘れた田辺を見つめる。どうにかして冷静さを取り戻そうとしていたが、ソファに座った腰が落ち着かず、肩で息を繰り返す。

視線を揺らさないだけ、まだ根性はある。しかし、結末は見えていた。

田辺はあまりに無防備すぎたのだ。岩下のことは警戒していても、まさか、岡村に陥れられるとは思っていなかったのだろう。

田辺をデートクラブの応接室まで呼び出したのは岡村だ。メールには、ちょっとした動画をつけた。

スーツ姿の男が、鎖に繋がれて吊るされている部屋の映像だ。

デートクラブの中にあるプレイルームのひとつだった。

「こんなことして……、俺が、言うことを聞くと思ってるのか」

ぐっとあごを引いて、気持ちを自制する田辺はさすがだ。

取り乱したのは、デートクラブの代行を引き受けてくれと持ち出した、その一瞬だけだった。

星花の双子たちに頼んでいた案件だ。用意した男たちを使い、帰宅途中の刑事を拉致《らち》した。田辺の恋人・三宅大輔《みやけだいすけ》だ。

本職の警察官だから、帰宅ルートから生活パターンまでを綿密に調べ、下準備には時間をかけた。

「あの人はどこだ。解放しろ」

送りつけた動画は、顔がはっきり映っていない。田辺は手当たり次第に連絡を取り、恋人の居所がわからないことを確かめてから乗り込んできた。

「片っ端から部屋に踏み込むぞ」

凄《すご》まれたが、岡村は取り合わない。デートクラブの代行は書面で契約するようなことではない。口約束だけ交わして飛ばれてしまったら損失が大きくなる。

田辺は利口な男だ。その場しのぎの嘘をつくかもしれないと思い、恋人を人質に取ったが、動揺は想像以上だ。

刺激のない動画にしたつもりだったが、田辺は尋常じゃなく怒っている。

「そういえば、レイプショーに売られかけたことがあったんだな。未遂だろう？」

軽い口調で言った岡村を睨んだ田辺の目は鋭く、いまにも喉《のど》に食らいついてきそうだ。

普段の印象がおとなしいだけに迫力がある。

「そうか、案外、脆《もろ》いタイプなんだな。……少し、遊んでみるか」

岡村が立ち上がりかけると、田辺は両手でテーブルを叩いた。

「ふざけるな！」

田辺が憤るほどに岡村の胸は弾む。自分の人の悪さも、いよいよ岩下のレベルに達したと思う瞬間だ。

相手が策にハマるのは快感でしかない。

しかも、事は思い通りに運んでいる。

「……ふざけてない。部屋の映像を見るか？　……薬が効いてきた頃だ。おまえも知ってるだろう。うちの媚薬《びやく》は一級品だ」

田辺のくちびるが小刻みに震え、うつむいた顔から血の気が引く。

細身なスーツにノーネクタイで、襟元のボタンは留めていない。怒っている姿にも色気がある。

「岩下の真似事《まねごと》か。岡村……、それ以上のことをしてみろ。敵に回るぞ」

「回したくないから、丁重にお迎えしてるんだろう」

「どこが！」

「俺が、おまえのカレシに媚薬を盛ると思うか？　乱交の映像で脅して、おまえを働かせると、本当に、そう思うか」

田辺は、ぐっと押し黙る。視線が初めて揺れた。迷っているのが見て取れる。

真実を見極めようとする田辺の顔を、岡村はじっと見下ろした。

ソファに戻り、腰を下ろす。

岡村はブラックスーツにネイビー一色のネクタイ。田辺の柔らかな雰囲気に対抗するように、髪も深めに分けて撫《な》でつけてある。

長い間、朴訥《ぼくとつ》キャラで通してきて、いまさらこなれた感じは気恥ずかしい。田辺ほど似合うわけでもなかった。適材適所だ。

「田辺。おまえにとっても、悪い話じゃないはずだ。ここの作りは知ってるだろ？　表向きはカタギの会社だ。おまえのカレシにとっても都合がいいんじゃないのか」

「……裏は最低じゃねぇか」

「バレないようにすればいいだけだ。おまえはやれるだろう」

恋人を仕事場に同伴させせなければ、バレることはない。事情を知っている北見なら、気を使ってくれるはずだ。

「勘弁してくれよ。……巻き込まないでくれ」

本音を口にした田辺は、両手で頭を抱えた。ぐったりとうなだれる。

「悪いけど、できない」

はっきり言った岡村に向かって、田辺は静かに顔を上げた。ふたりの視線がぶつかる。

「……あぁっ！　くそっ！」

口汚く叫び、田辺は床を蹴って立ち上がった。自分を売った人間に思い至ったのだろう。

「ちゃんと給料は出す。悪い話じゃないだろう」

「悪いとこしかないだろ！」

田辺が青筋を立てて怒鳴る。岡村はいっそう冷静になった。

「確かに、ここには裏もある。だけど、警察は踏み込まない。もしも恋人に話すなら、よく言い含めて秘密を守らせろよ。自滅するのは本人だ。最悪、殉職扱いで消されても知らない」

「そんな危ないところを俺に押しつけるな！　あの人はどこだ。本当は、なにを飲ませたんだ」

「……いい子になる薬？」

覚醒剤《かくせいざい》だと思った田辺の顔から色がなくなっていく。

岡村は眉をひそめて、息をついた。少しだけ、田辺がかわいそうになる。

「常習性はない。石垣が作った、意識が飛んで気持ちよくなる薬だ。使ったことあるんじゃないか？」

「……やめろよ。なにしてるんだよ」

田辺は力なくソファに座り込んだ。頭を抱えて唸り出す。岡村は煙草に火をつけた。

「おまえに考える余地はないと思うけどな」

灰皿が飛んでいったことを思い出し、仕方なく、灰を絨毯《じゅうたん》の上に落とす。

田辺を、じっとりと眺めた。

「おまえと俺の仲だから、味見は、俺だけの楽しみにしとこうか」

「……は？」

田辺が顔を跳ねあげる。

「裏切らないとも限らないわけだし……。脅す材料にビデオを撮るのは当たり前だろ」

岡村をじっと見返した田辺が、手のひらを見せてきた。おとなしく黙ると、田辺はすくりと立ち上がった。応接室の中を行ったり来たりと歩き回り、やがて拳を握りしめる。

「恨むぞ！　新条《しんじょう》！　くそったれがッ！」

佐和紀の旧姓を叫び、口汚く罵《ののし》る。

「どうして、あいつのために、俺とあの人が犠牲になるんだ。どうして！」

「……刑事《デカ》なんかとデキたおまえが悪い」

岡村はわざと穏やかに笑った。奥歯を噛みしめた田辺が、天井を振り仰ぐ。

はっきり言ってしまえば、いままでの行いが悪すぎたのだ。

自分が誰を好きになるとも想像せず、気ままに稼ぎ、身勝手に振る舞ってきた。そのツケを支払っているだけだ。

自由は無償ではない。

人生の貸借《たいしゃく》は、こうして成立している。

「田辺……、昔、岩下さんが言ってただろう。どんなものでも、すべて手にしたらダメだって。それに、傷がついているから続く関係もある」

煙草を靴の裏で揉み消し、テーブルに吸い殻を置いて立ち上がる。

「答えが出ないなら、ここで待ってろ。今夜中に返してやる。それとも、寝取られるところを見ておくか、記念に」

「なんの記念だよ。勝ち誇ったようなツラしてんじゃねぇぞ。……岩下さんの真似にしては、やることがセコいんだよ」

完全な捨て台詞《ぜりふ》だ。岡村は薄く笑って肩をすくめた。

「あっそ。じゃあ、俺じゃなくて、チンピラにやらせよう。男を抱いたことのないヤツらにヤラれるのは、薬が効いてても苦痛だ。……かわいそうにな」

「俺のせいかよ！」

「おまえがそうやって必死になるのと同じぐらい、俺だって切羽詰まってる」

「素直に頭を下げられないのか」

田辺に睨まれて、岡村も目を据わらせた。

立場の弱い人間に対しては、容赦のない男だ。時間稼ぎをしているのも、現状の主導権を奪いたいからだろう。落としどころが少しでも自分の優位になるように、田辺は計算している。

「おまえに頭を下げるなんて、絶対に嫌だ」

「頭を下げるなら、考えてやる」

自信ありげな態度で言い返され、岡村は肩を揺らした。

実際のところ、田辺とのやりとりでは勝てる気がしない。岩下の舎弟の中でも飛び抜けた才能があり、だからこそ、準構成員止まりに据え置かれて、外に出されていたのだ。

田辺は自由に動き回り、多額の金を岩下へ運び続けた。

手元に置かれ、小遣いをもらう立場だった岡村とは正反対だ。

「笑わせるなよ、田辺」

大股で近づき、腕の付け根に指を突きつける。

「てめぇの弱みを握ってるのは、こっちだ。どうせ、俺が手を出すことはないって思ってるんだろう」

目を細めて、田辺の顔を覗き込む。

「言っとくけど。……俺だから、未遂なんだ。わかってるよな？　もしも、俺があの人を追わず、横浜に残ったら、痺《しび》れを切らしたアニキが動く。俺が飛ばされたら、どうしたって応急処置にはおまえが選ばれる。……保険もかけずに舎弟をカタギに戻すと思ったわけじゃないだろ。アニキが動いたら、こんなもんじゃない。……おまえに逃げ道を作ってやるんだから、感謝して欲しいぐらいだ」

言い含めるように説明してやると、田辺は顔を背けながらあとずさった。現実から逃れようとする二の腕を掴んで戻す。

「田辺。おまえの一番、たいせつなものはなんだ？」

踏み込んで、繰り返す。

「岩下には触れられたくないものだ。俺も一緒になって守ってやる」

岡村に追い込まれ、田辺はギリギリと奥歯を噛んだ。やがて苦しげに息を吐き出す。

「……頭は下げないからな」

片手で岡村の腕を掴み、目元を歪めた。

ふたりは向かい合い、互いに相手の片腕を掴んでいる。

「そんなこと、望んでない……」

岡村が答えると、

「……岩下さんが動く可能性が、あるのか……？」

田辺の声がかすれた。岡村は首を傾げてみせる。

「なにを考えてるのかなんて、知るわけがない。動きを読めるなら苦労はしないんだよ。でも……、佐和紀さんがいない以上、人のいいふりをする必要がなくなったと思わないか」

　田辺は腕組みしながら話を聞き、眼鏡を指先で押し上げた。

「新条のバカにも困ったもんだな。……怒るなよ。言い間違えただけだ。それにしたって、あの人に、なんて説明するんだ。俺のせいでこんな目に遭ったなんて言えないんだけど」

　田辺の心配ごとは岩下の暗躍ではなく、恋人に対する保身だ。

「ここで、俺を頼る……？」

　岡村はあ然として悪友を見る。田辺は笑った。

「守ってくれるんだろ？　うまく取り持ってくれ。……おまえのせいなんだからな」

「もちろん約束は守るけど……」

「じゃあ、さっさとあの人を解放してくれ。本当に、薬を盛ったのか」

　苛立った声を向けられ、岡村は面倒な気分になった。

「やっぱり、どうでもいいな」

「どうでもよくない。おまえは、いっつも、そうやって途中で投げ出すだろ。そこだぞ、そこ」

「田辺に言われるのか？　田辺のくせに」

「新条みたいなことを言うな」

「惚れた相手に似るなら本望だ」

軽口を叩き合いながら、応接室を出る。

「おまえがピンチだって騙して連れてきたから。あとは、詐欺師の手管で丸め込むのが一番だ。得意技だろう」

岡村が言うと、田辺は不満げに眉をひそめた。

「やめろよ。あの人は真面目《まじめ》なんだから」

「そうらしいね。おまえのためなら、なにをされても我慢するって。あとを残すなって言ってた。おまえに知られなければ、それでいいんだろう」

「もう二度とするな」

「おまえも、惚れた相手がそういう性分だってことは、よく頭に入れとけよ。自分ひとりで抱えた傷は治りが悪い」

「……社長代行を受けたことは黙っていてくれ。やるけど……、形だけでも相談したい」

「マジかよ、田辺さん。いい男すぎて、相手がかわいそう」

「俺は元々、こういう人間なんだ」

真面目に切り返されて、鼻で笑う。

「……それは、俺の知らない田辺だな。薬の量は少なくしたけど、もしかしたらまだキマッてるかもしれない。連れて帰っても、どうせするんだろう。お詫《わ》びに、部屋を使わせてやろうか？　消毒済みのオモチャも……」

最後まで言わせない気配に気づいて振り向くと、田辺の目には軽蔑《けいべつ》が色濃く浮き出ていた。

「連れて帰る」

恋人に関しては、悪ふざけの一切を受けつけない態度で、田辺は冷たく言った。

＊＊＊

その後、田辺から間を取り持つように頼まれることはなかった。

恋人とも相談した結果、正式に社長代理を受けると返事があり、引き継ぎはすぐに始まった。岡村が教えなくても、北見と仲に任せていれば問題ない。

岡村はタクシーに乗り、赤レンガ倉庫へ向かった。

クリスマスマーケットは今年もにぎわっている。

乗車料金を支払って降りると、管楽器の奏でるクリスマスソングが聞こえてきた。

倉庫と倉庫の間はイルミネーションに彩られ、屋台がずらりと並んでいる。その奥に、見上げるほど大きなツリーが立っていた。

思い出すのは、岩下夫婦と世話係で遊びに来たときのことだ。ツリーを眺めた佐和紀はぽかんと口を開き、その瞳はオーナメントのライトを反射したように輝いていた。

マーケットへ向かう人々の流れにまぎれ、ひとりで歩く岡村は、カシミヤコートの裾を翻す。人出は多いが、ごった返すほどではない。

はしゃぐ女の子のグループがそばを通り過ぎ、目の前のカップルは寄り添ってのんびりと歩いている。

待ち合わせはマーケットの入り口だ。

相手を探したが、それらしき人物は見当たらない。

腕時計を見て、時間を確認した。約束通りには来ない人だ。それを計算に入れて出てきたが、すっぽかされたかと不安になる。

両手をポケットに入れて、あたりを見渡した。ひんやりとした冬の風が、マーケットの熱気を冷ますように吹く。

岡村が呼び出した相手は、岩下だ。この場所は、岩下が指定した。

大阪へ行く準備がすべて整い、彼に対する挨拶《あいさつ》だけが最後に残されている。

横澤という男になりすますことは、支倉を通じて伝えていた。岡村自身は岩下の指図で地方へ飛ばされる設定だ。

「あぁ……っ」

焦った女性の声が聞こえ、歩いていた岡村は驚いて振り返る。離れた場所で、ベビーカーがのけぞっていた。

持ち手にかけた荷物が重すぎて、子どもを抱き上げた瞬間に倒れてしまったのだ。小さな子どもは女性の腕に抱かれていたが、いかにも不安定だった。

ベビーカーを起こそうと女性が屈むと、子どもは地面と平行になる。必死に服を摑んでいたが、落ちてしまいそうだ。

助けに行こうと足先を向けたとき、女性の横から手が伸びた。セルリアンブルーのコートを着た長身の男が、子どもの頭部を支える。

母親を手伝い、しっかり抱き直すのを見てから、ベビーカーに吊られた荷物をフックからはずした。

そして、ベビーカーを起き上がらせる。

「すみません。ありがとうございます」

女性がペコペコと頭を下げた。男はそのまま、荷物をうまく座席と持ち手に分配する。

一部始終を見守った岡村は、いぶかしく眉をひそめた。フードのついたダッフルコートが意外すぎて、すぐには正体がわからなかった。向こうもようやく岡村に気づき、いつもより一回り大きな黒縁眼鏡で微笑んだ。

周りから浮かないオフスタイルで、髪もサイドで分けてかきあげただけだ。

合流した岡村は、遊び心に欠ける自分のカシミヤコートを後悔した。岩下に会うからと気を張って選んだが、クリスマス気分でにぎわうマーケットには、ラグジュアリーすぎてそぐわない。

「お待たせしましたか？」

「マーケットを覗いて、時間を潰《つぶ》してたんだ」

答える岩下のダッフルコートは、上質なパイル生地だ。ゆったりとしたシルエットだが、ミリタリーの雰囲気が出て長身に映える。襟のしっかりしたボタンダウンシャツとネクタイを合わせたVゾーンもシックだ。肩から首の後ろへ落ちていくフードがだぶつき、風避けになっていた。

佐和紀の好きな岩下だと、岡村は思う。

結婚するまでは、こんな格好をしなかった。

いつでも、どこに行くにでも、三つ揃えのスーツと、ぞろりとしたコートで威圧感たっぷりに歩いた。ちょうどいまの岡村と同じだ。

さすがに岩下の代名詞といえる三つ揃えのスーツではないが、ダークカラーのジャケットにネクタイを締めている。カシミヤコートは膝丈だ。

「グリューワインの列が短くなってるから、飲まないか」

誘われて、ついていく。ふたりで並ぶのは落ち着かなかったが、列から離れて待っていてくれとも言いにくい。

マーケットに流れるジャズアレンジのクリスマスソングを聞きながら、岩下の視線は巨大なツリーに向いていた。

久しぶりに会うと、まるで知らない男に感じる。横顔を見慣れない気分で盗み見して、岡村はにわかに緊張する。

離婚して荷物を整理しても、岩下のすべては佐和紀の影響を受けたままだ。あえてそうしているのだろうと思い、消し去ることのできない愛情の深さを感じずにいられない。

佐和紀はオンスタイルの周平のことをよく褒めたが、オフスタイルのときは黙っていた。代わりに、見つめている目に愛情が溢《あふ》れ、自分だけの男を慈しんでいるのがわかった。

気づくたびに傷つき、そんな資格があるのかと自嘲《じちょう》しては、惚れた男をしみじみ眺める佐和紀の横顔に恋い焦がれた。

ふたりが並んでいる列はすぐに進み、岩下がワインをふたつ買う。

フタとスリーブのついた紙コップを手に、マーケットを抜けた。

赤レンガ倉庫の向こうは海だ。明かりのついた豪華客船が眩しいほどで、大桟橋もライトアップされている。

海沿いの手すりにもたれて、グリューワインを飲む。オレンジピールやシナモン、クローブが香り立ち、ほどよく甘い。

「佐和紀が好きだったな」

岩下の言葉に、岡村はうつむいた。

「いまも好きだと思います」

焼酎《しょうちゅう》や日本酒より、ワインで酔う体質だ。それでも、グリューワインのスパイスと甘さが好きで、温めてあればアルコールは飛んでいると言い張った。

風邪《かぜ》のときに飲む『たまご酒』とは違うものだと、岩下が説明しても、飲みすぎなければいいと笑って聞き流してしまう。もちろん、酔ったところで、岩下がいれば心配することはなにもなかった。

そういう日々が、岡村と岩下の間にも甦《よみがえ》る。

いますぐにでも、三井と知世を連れた佐和紀が、オーナメントを買い込んで戻ってきそうだ。振り向くのがこわくなった岡村の隣で、岩下は背後のツリーを振り仰ぐ。

「泣いて帰ってくる男ならよかったな」

しみじみとした言葉は、岩下の本心ではない。

「帰るに帰れなくて泣いているかもしれませんよ」

岡村が言うと、岩下の肩がひょいと上がる。

「マイナスをプラスにする男だ。どこへ流れても、うまくやる」

停泊する豪華客船へ視線を向けた岩下が振り向き、岡村は視線をそらした。佐和紀を信頼する岩下は楽観的だ。しかし、現実は厳しい。

星花の双子からの報告によると、直登とともに監禁状態に置かれた佐和紀は、木下に管

理され、人を痛めつけるためだけに連れ出されている。

「やれそうか」

岩下の声がふっと柔らかくなり、岡村は相手を見据えた。

「……負けるつもりはありません」

言い放った言葉に、岩下が表情を消した。うっすらと浮かべていた笑みもなく、冷たい視線にさらされる。岡村は無感情に受け止めた。

「行ってきますなんて、言うつもりはありません。……いまさら、補佐に勝とうという気持ちもありませんけど、佐和紀さんに関しては譲る気もない」

「俺とおまえは違う」

余裕を見せる岩下を、岡村は、なおも睨みつける。

「奪うつもりもない」

敬語をやめて言った。

「あの人があんたを求めるなら、いくらでもあてがう。それだけだ。……もしも、俺でもいいと言うなら、拒まない」

岡村は、宣戦布告のつもりで口にする。

佐和紀が寂しさに耐えかねてすがってきたら、弱さにつけ込んででも手に入れる。

そのつもりでいる岡村の本気を悟っても、岩下の表情は乱れなかった。ほんの少しくちびるを歪め、小首を傾げる。

ミリタリーなダッフルコートによく似合う、小粋な仕草だ。

「佐和紀が決めることだ。やれる自信があるなら、手込めにでもなんでもしろ。おまえに任せた以上、嫉妬《しっと》はしない」

「……愛情が薄いんじゃないですか」

「これが俺の愛だ。佐和紀は知ってる」

即座に言い返す岩下の目に、幸せの色が滲む。

離れていても、形が違っていても、夫婦という肩書きを捨てても、岩下の中には佐和紀への愛がある。

きっと、佐和紀の瞳の奥にも、同じ感情が残っているのだろう。

「呼んだら、すぐに来てください」

岡村が言うと、岩下は肩をすくめた。

「仕事がある」

「支倉さんには話をつけています」

「人がよすぎるんじゃないか？　奪うつもりなんだろう」

あきれたように言われ、岡村は護岸のコンクリートを蹴りつけた。

「俺だって、佐和紀さんを知ってる」

なにもかもを捨てて駆けつけても、佐和紀が求めるのは岩下だ。その肉体と体温と、息づかい。それ以外が、佐和紀の心を慰めることはない。

だから、なにを差し置いても、望むものを差し出す。

佐和紀が満足すれば、岡村はそれでいい。

「来られないときは、俺が代わりを務めます」

「佐和紀がそれでいいと言えばな」

岩下が煙草を取り出してくちびるに挟んだ。

「禁煙ですよ。人目もある」

「そうか」

火のついていない煙草を指に挟んで遠ざけ、代わりにグリューワインを飲む。

「河岸《かし》を変えて、飲むか」

やはり煙草を吸いたくなった岩下に誘われる。

「車は置いてきたので……」

「支倉が待機してる。送らせよう」

歩き出した岩下を追って、その場を離れた。

「佐和紀さんが俺を求めたら、腹が立ちませんか」

背中に問いかけると、岩下は肩越しにちらりと振り向いた。

「どっちにだ。そんなことがあれば、三人でやれるよな。……夢みたいな話だな」

ふざけ半分の返事に、岡村は顔をしかめる。軽口に嫌悪を抱いたのは、夢にも見られないことを知っているからだ。

三人でベッドに乗れば、途端に佐和紀は岩下だけを見るだろう。

「俺の代わりなんて、つまらないぞ」

隣に並んだ岩下が顔を覗き込んでくる。

代わりにならなければ肉体的に繋がることはできないが、岡村の自尊心は傷つく。とはいえ、自分自身を受け入れてもらうと、セックスの機会は訪れない。プラトニックは永遠に続くのだ。

「佐和紀はおまえを必要としてるよ。俺なんかよりも」

岩下の慰めは、まるで慰めになっていない。

胸の奥をざっくりと切りつけられ、岡村は子どもっぽくくちびるを尖らせた。

＊＊＊

横浜を出る日は、冷え込んだ。

ボストンバッグを片手にタクシーを降りて、新横浜の駅ビルに入る。新幹線の切符を買って、すぐにホームへ上がった。

カシミヤコートにストールを巻いていても、風の当たる顔が冷たい。空はどんよりと曇り、はらはらと雪が舞い始める。

十分ほど待っていると、列車到着のアナウンスが流れた。

白い車体が滑り込んできて、グリーン席の車両に乗り込む。

乗客が少ない昼下がりだ。指定席はホーム側の窓際。荷物を足元に置いて、ストールをはずした。コートを脱ぐ。身を屈めたとき、ホームを走る人影が見えた。

不思議に思って目で追うと、短いダウンコートを着た男が折り返した。誰かを探しているらしい。

岡村はコートとストールを持ったまま、席に座る。窓に寄りかかり、必死になっている三井を眺めた。

泣き出しそうな顔に、もう何台の新幹線を見送ったのかと思う。グリーン席の車両の前を走り回りながら、身を屈め、手前や奥を確かめている。やがて、新幹線は動き出した。

三井はようやく岡村の前にたどり着く。

開いた口が、ぎゅっと閉じた。そして、ぶんぶんと腕を振り回す。

「泣くな、ばか」

小さく、声に出して言う。岡村の視界も歪んで、三井はホームに取り残される。

別れは言わずにいたかった。

三井だけが残され、愚直に変わらずにいることが、どれほど心の支えになるか。きっと本人は自覚しない。

だから、三井が必要なのだ。

人の心に敏感すぎて、痛みから逃げて、傷つくことに弱くて、すぐに泣く。それでも、泣きながら、立ち続けている。

その場から離れてしまえば、傷ついた誰かが、そのまま消えてなくなると思うのだろう。

もしも、自分の大事な相手がいなくなるなら、最後の瞬間まで見ていたいと踏ん張れるのが三井の強さだ。

雪が激しくなり、車窓の向こうで横殴りに降る。

岡村は目を閉じて、窓ガラスにもたれた。

ストールを顔に押し当てて、表情を隠す。

三井の顔は、涙でぐしゃぐしゃだった。それでも満面の笑みで跳びはね、周りの視線を気にもせず腕を振っていた。

岡村はひとり、笑いをこらえて肩を揺らす。やがて心はすっかりと凪《な》いだ。

6

大阪の代表的な繁華街は『キタ』と『ミナミ』だ。

大阪市の北部に位置する北新地《きたしんち》界隈《かいわい》と、南部に位置する道頓堀《どうとんぼり》界隈だが、地下鉄に乗ればたった四駅の距離しかない。

傾向としては、キタが高級店、ミナミにはリーズナブルな若者向けの店が集まっている。

阪奈会系葛城組の千早が通っているクラブラウンジ『夢咲《ゆめさき》』は北新地のはずれにあった。

会員制の中箱で、バブルを乗り越え、ママを変えながら生き残っている老舗《しにせ》ラウンジだ。

オーナーは暴力団関係者だろう。

それでも店の入り口には『暴力団排除ステッカー』が貼られている。

「横澤さん。もう少し飲んでいきませんか。おひとりで」

柔らかな関西弁を話すホステスに袖を引かれ、スーツの上にグレーカラーのムートンコートを着た『横澤政明』が振り向いた。彼を演じるのは岡村だ。

「ブッブー。あッかんで、レミちゃん。これから、キャバクラとスナックの足かけや」

ふたりの間に割って入ったのは、千早の舎弟・野井《のい》だ。年齢が若く、それなりに生地感のいいスーツに『着られている』。

「やめとけ」

野井のブルゾンの襟を掴んだ千早が、舎弟を引き剝がす。

「かまいませんよ、横澤さん」

千早の物腰は柔らかい。スーツにブラックコート。年齢は四十代半ばで、男として脂が乗っている。自分に自信を持っているから、偉そうに振る舞うことはなかった。

真幸の依頼を受けた『誰か』の斡旋《あっせん》を受け、葛城組の若頭との仲介に立ったのも千早だ。金で揉めて関東から逃げてきた設定の横澤は、金融に詳しい男として紹介された。

しばらく大阪で遊びたいと言って積んだ金に、若頭は驚き、のけぞった。

三次団体の中でも凡庸な葛城組は、資金繰りに苦労しているのだろう。横澤は客分扱いとして受け入れられ、日々、繁華街に金を落としている。

「いや、今夜はやめておくよ。悪いね」

レミに視線を送り、ほんの少し微笑んで会釈をする。相手はぽぉっと頰を赤らめてあとずさった。

店の入っているビルから出ると、通りで待っていた取り巻きの三人が駆けつける。それぞれホットの缶コーヒーを持っていた。

一月も半ばだ。ネオンで包まれた街も、夜は冷える。

客を選ぶ『花咲』への出入りはできないので、いつも缶コーヒーで暖を取りながら待っている。酒を飲んでいないと寒さは身に沁みるはずだが、このあと、横澤の金で遊べると知っているからおとなしい。

タクシーの後部座席に横澤と千早が乗り、助手席に取り巻きが乗る。あとの三人は次のタクシーを待つ。

北新地から道頓堀まで移動して、キャバクラ『キャロル』に入った。

高い天井にシャンデリアが飾られた大箱だ。派手な女の子たちはきらびやかなドレスに身を包み、『花咲』のホステスの落ち着きに比べると、天と地ほどの違いがある。

それはノリの良さにも言えた。

落ち着きなら『花咲』、にぎわいなら『キャロル』だ。

そもそもクラブラウンジとキャバクラでは、飲み方に違いがある。

残りの三人も合流して、高級シャンパンを女の子の数だけ注文する。飲むのは千早の舎弟たちだ。騒ぐのを横目で眺めながら、横澤と千早はそれぞれひとりの女の子を隣に座らせた。

シャンパンがすべて空になる前に、千早が目配せをしてくる。四人を残して店を出た。

「ノイが泣くんじゃないですか」

タクシー乗り場の前で、千早に向かって言う。

千早の舎弟の野井は、スナックにも同行するつもりでいたはずだ。

タクシーに乗ろうとしていた千早が振り返った。

「たまには泣かせたらええ。毎回、若いヤツらに付き合わせるのも申し訳ない。次は俺に奢《おご》らせてくださいよ」

そう言って横澤を手招く。

タクシーに乗って五分もかからずに着いたのは宗右衛門町《そうえもんちょう》だ。大阪の人間は『そえもんちょう』と呼ぶ。飲食店が建ち並び、店名が配置された縦長のネオン看板が、ビルの脇から突き出ている。すべて飲み屋の店名だ。

千早の行き先はわかっている。にぎやかな宗右衛門町通りから路地に入り、古ぼけた飲み屋ビルの狭いエレベーターに乗った。

三階で降りると、狭く短い廊下に飴色《あめいろ》の扉が四つ、互い違いに並んでいる。右奥の扉が目的地だ。どの店からもカラオケの音が漏れ聞こえていた。

突き当たりの壁に積み上がったビールケースの前に、スタンド型の電飾看板が置かれている。『待夢里』と書いて『タイムリー』と読むスタンド看板は、ライトが切れていた。

千早が気づいて近づく。手のひらでバンバン叩き、光らないのを確認すると、壁際を覗き込む。コンセントカバーを開けて、コードを抜き差しした。

それでも、電飾はつかない。

「壊《イカ》れてる」

肩をすくめて笑う。黙っているときは渋みのある顔だが、笑うと目尻《めじり》にシワができて愛《あい》嬌《きょう》がある。

何度も一緒に飲んでいたが、酔うほどに女が優しくなる男だ。母性をくすぐるのだろう。

「やってるよなぁ」

千早はドアノブに手をかけた。扉が開く。中から大音量の伴奏が流れてくる。

そのまま中へ入ると、小さな店の座席は半分近く埋まっていた。

カウンターには痩《や》せた年配のママと、ふくよかな若いホステスが立っている。ホステスが千早に気づき、カラオケに合わせて手拍子をしていたママの肘を引く。

「早かったやないの。もっと遅いと思ってたわ。何人？　席、足りへんかもしれんわ」

カウンターから出てきたママがカラオケに負けじと声を張りあげた。

「他は置いてきたから、ふたりや。外の看板、消えてるで」

「えぇー。イヤやわぁ。最近、調子が悪いんよ」

「開店中って大きく書いた紙、貼っとき」

笑った千早が空いている席に向かう。

「あら、こんばんは」

後ろにいた横澤に気づき、ママの表情がパッと明るくなる。

「今日は横澤さんやったん。千早さん、言うてくれへんから。イヤやわぁ。化粧、直してこよかな」

両手を顔に当てて隠す。

「いくら塗っても変わらんわ！　ボトルとセット、持ってきて」

コートを脱いだ千早が、横澤を手招きしながらカウンターへ声をかける。

「横澤さんのコートは奥に置きますね。汚れたら困るでしょう」

ママが近づいてきて、脱ぐのを手伝ってくれる。

「俺にも気ぃ使ってくれへんか？　常連やろ。いくらほど、使ってると思うねん」

「知らんわ。横澤さんの方が好みなんよ。仕方ないやろ」

ポンポンと言い返されて、

「そりゃ、しゃあないな」

千早は笑いながら、テーブルの上の灰皿を引き寄せた。煙草に火をつける。

ムートンコートを両手に抱えたママは、

「横澤さんの服って、ええ匂いするわぁ。高級な匂い……」

いそいそとカウンターの奥へ消える。代わりにホステスがウィスキーのボトルと、水割りのセットを持ってきた。手早く一杯目を作り、突き出しの乾き物を運ぶ。

「なにか、食べはります？」

マシュマロのような頬をしたホステスは、『待夢里』の看板娘だ。みんなにかわいがられている。若く見えるが、そこそこの年齢だと、前に千早が言っていた。

「食べてきたからええわ。横澤さん、どうします？」

隣に座った千早に聞かれ、横澤はホステスへ向き直った。

「なにがあるの？」

「牛すじと、カレーと、肉じゃが」

「じゃあ、牛すじをもらおうか」

「はぁい」

ホステスもカウンターへ戻った。

千早は水割りに口をつけ、薄いと言ってウィスキーを注ぎ足す。牛すじも届いて、酒が進む。ラウンジもキャバクラも悪くないが、場末感のあるスナックは穴ぐらのようで落ち着いた。

横澤をカタギだと思っている千早は、いつものように会社経営の話を聞きたがる。真偽取り混ぜて話しながら、ほんの少しだけ、葛城組のシノギを探った。

主な収入源は、賭場《とば》の開催だ。裏カジノの他に、ＶＩＰだけを集めるカジノパーティーも数ヶ月に一度の頻度で開いている。

今度の開催時には、横澤にも招待状を渡すと千早は言った。

本来なら、裏カジノで大金を使った客だけが呼ばれるのだが、組の客分だから特別だ。年明け早々、組長の金を為替取り引きで倍にしたのも大きい。もちろん、本当に取り引きをしたわけではない。儲《もう》かったと言って、金を足して返しただけだ。

それでも、組長からは『先生』と呼ばれるようになった。

幹部も同じように呼ぶが、飲み友達同然の千早には表向きだけにしてもらっている。誰彼かまわずにそれでは、気疲れがするばかりだ。

たった一ヶ月で、『岡村慎一郎』としての生活は消え失せた。

酔っても酔いきれないグラスを重ね、ママからカラオケを勧められてマイクを握る。どこかでボロが出るんじゃないかと考え続け、ひとりでいるときも素には戻らないようにしているのに、選ぶ曲は『さざんかの宿』だ。カウンターの中も外も、女も男もしんみりさせて曲が終わる。

「……そういうことなんですか？」

酔った千早が、グラスを手にして聞いてくる。

「いや？」

苦笑いでごまかして、横澤はグラスの中身を飲み干す。許されない関係を嘆く歌だ。明日のない、他人の妻との逢瀬《おうせ》。

そんなことがあればいいのにと思う気持ちがあるだけに、情感がこもってしまうのは仕方ない。

「横澤さん、あっちの方はどうしてるんですか。よかったら、風呂《ふろ》に寄って帰りますか。あ、言うても、大阪はソープがないんで、新業種ですけど」

千早に言われ、眉をひそめた。

「……バイなんだ。バイセクシャル。両刀っていうだろ。向こうで女は食い飽きたから、できれば、男を探してくれないか」

「あぁ、なるほど」

ぽかんと口を開いた千早は、うなずきながら笑う。

「落ち着きがあると思ってました。うちみたいなところに身を寄せる人は、飲む打つ買うを揃えたがるから。金で揉めたんじゃなくて、女でしくじったんじゃないんですか」

「好きに想像してくれ」

叶《かな》わない恋の歌に、女でのしくじり。

横澤の過去を好きに想像した千早は、わけ知り顔に深くうなずいた。

「好みはどういう感じですか。若いの、慣れたの、いろいろあるでしょう」

別の客が歌い始め、千早がそれとなく身を寄せてくる。

「……とびきりキレイなのがいい」

「……ハードル、高ッ！」

のけぞって叫ぶ千早の腕を引き戻す。

「見た目が良ければ、チンピラだろうが、勤め人だろうががかまわない。あんまり若いのはやめてくれ。抱いてみて良ければ愛人にしたい」

金は出すと言うと、千早は腕組みをして考え込む。

「明日には写真を用意して届けさせます。気に入ったのがいれば連絡を」

「……わかった。ウリをしている男も混ぜておいてくれ。病気のないのを」

「それはもちろん。『先生』に万が一のことがあれば、俺が指を詰めることになる」

千早はふざけて自分の小指を握った。震え上がるふりをする。

「千早さん、結婚はしてないですよね。そういう相手は？」

「いるんだか、いないんだか……。まぁ、モテませんよ」

肩をすくめて言ったが、嘘だとすぐわかる。少なくとも、つまみ食いの相手には困らないだろう。

「あーっ！　いたーっ！」

いきなり、叫び声が店に飛び込んでくる。なにごとかと店内が静まり返った直後に、酔っぱらった野井が現れた。

「ひどい！　置いていくなんて！」

壁にすがりつき、声高な泣き真似をする。

「……帰りますか」

千早が笑って立ち上がり、横澤の顔をした岡村は、野井がかわいそうだと引き止めた。


横澤の滞在場所は、高級ホテルの特別フロアにあるスイートルームだ。長期滞在用で、セキュリティがしっかりしている。

まず、フロアに上がるためのエレベーターでカードキーをスキャンし、廊下の途中にある扉でもスキャンが必要だ。特別フロアには部屋が三つある。

右にひとつ、左にふたつ。横澤が使っているのは左手前の部屋だが、その奥もヤクザたちには内緒で契約している。

隣り合わせの部屋はコネクティングルームだ。扉の鍵はホテルに内緒でつけ替えてあり、ヤクザたちに見られて困る書類の類《たぐい》は隣の部屋に置くことにしていた。

部屋に帰り着いた岡村は、ムートンのコートを脱ぐ。

長めの毛足がエレガントで、襟を立てても倒しても着ることができるデザインだ。それぞれ、違う表情が楽しめる。

一目で高級品とわかる一着は、大阪に到着して一週間後に、岩下から届けられた。それも偽名だったが、岡村にはすぐにわかる。

思わずネットで値段を調べてしまい、打ちひしがれた。最後に会ったときの服装では不満だったに違いない。

要するに、関西人に舐《な》められるなと言いたいのだ。

ムートンコートの価格は七十六万円。軽くて温かい。

年が明けてすぐに、岡村はオーダメイドスーツの老舗店を探した。

ハンドメイドのフルオーダーは出来上がりまで一ヶ月かかるので、いまは同店舗のファクトリーメイドを着ている。

コートを寝室のクローゼットにかけて、スーツも脱ぐ。酔いは帰りのタクシーの中で醒《さ》めていた。下着一枚でバスルームの鏡を覗き込み、自分の顔をじっと見る。

佐和紀はどこにいるのか。まだ探すこともできていない。

木下や直登と行動する佐和紀を無理なくそばへ呼ぶには、横澤としての基盤が必須《ひっす》だ。そのために依頼した愛人探しだった。

「……こんなこと」

意味がないと思えばどん詰まりだ。口には出さずに、鏡の中の『岡村慎一郎』を睨みつける。

自分は横澤政明だと心の中で繰り返した。

＊＊＊

一週間後。スイートルームの隣室に、星花の双子の片割れがやってきた。

アジアからの観光客を装っていたが、相変わらず、名前と顔が一致しない。本人も名乗らなかった。

「すぐに帰ります」

そう言いながら、横澤の部屋に持ってきたスーツケースを開ける。

「これはスーツです。岡村さんがオーダーしていた店で、横澤に似合うものを作りました」

黒いカバーのかかったハンガーは三着分ある。

「シワにはなっていないと思います。あと、こちらはシャツとセーターです。下着類も揃えました」

「こんなもの、どこで買ったって言えばいいんだ。俺はボストンひとつで来たのに」

「向こうに残した女が送ってきたと言えばいいです。嘘ではない」

「……男だろ」

しかも複数だ。

「そちらはいかがですか」

服をクローゼットに片づけた双子の片割れが、寝室からリビングへ戻ってくる。

「順調……なのか……？」

自分でも不安だった。

「千早に頼んで、三日に一度は男を運んでもらってる。いまのところ三人か」

「いいのは、いましたか」

「いるわけがないだろ」

岡村は投げやりに言った。届けられた男たちとセックスをするのは、『絶倫で好きもの』という噂を流すためだ。抱いて返すたびに、千早に不合格の連絡を入れる。

もっともっと、印象的な美人がいいと繰り返した。

「あの人の居場所は？」

「わかりました。西成《にしなり》区のアパートです」

双子の答えはいつも端的だ。

「苦労してそうだな」

「悠々自適とはいきませんね。木下が直登と一緒に連れ回しているのは間違いない。牡丹《ぼたん》の刺繍《ししゅう》のスカジャンを着ているので『花牡丹のサーシャ』と呼ばれています」

「……花牡丹」

昭和のセンスだと笑いかけて、岡村は口元を押さえた。

「結婚六年目の記念に作ったブルゾンだ」

周平の肌に刻まれている牡丹の花を、彫り師の財前《ざいぜん》が佐和紀に合うように描き直した。その絵をベロアのブルゾンに刺繍したスカジャンだ。

「持って出てたんだな」

置いていって、岩下に処分されたと思っていた。

「木下はチンピラ以下なので、関東のヤクザには詳しくない。正体は知られていないようです」

「わかった。『花牡丹のサーシャ』を噂に聞いたら、近づくようにする」

「どこかで見かけて、愛人候補としてて名前をあげてください」

「どこかで、って、どこだよ」

外野は本当に無理を言う。こともなげだ。

横澤を演じる岡村の苦労なんて考えもしない。双子は無表情なままだ。

「なるべく街で遊んでください。千早と一緒でなくてもかまいませんから、組の人間を連れて……」

「金の匂いがすれば、葛城組以外も動くか」

「木下は付き合う組を決めていないようなので、金払いさえよければ葛城組からの依頼も受けます。西本直登も、葛城組が噛んでいるカジノパーティーのボーイに雇われています」

「以前、佐和紀さんもカジノパーティーに出たことがある」

そこで初めて、美園と道元に会ったのだ。おそらく西本直登が、佐和紀を見つけたのも同じパーティーだろう。

佐和紀を追った岡村も参加していた。声をかけるタイミングを探して見守っていたが、道元と美園に声をかけられた佐和紀は、からかい半分にキスをしようとした美園を、ヤクザ幹部と知らずに裏拳で殴っていた。

あの手の早さが健在なら、佐和紀の貞操も無事だ。

「債権者を殴るような仕事はそれほど多くないでしょうから、佐和紀さんもアルバイトに出されるかもしれません。しかし、情報は期待しないでください」

星花たちは横浜にいるからだ。

「かまわない。あの人は目立つから、しばらくすれば噂が届くだろう。……客を取らされそうな雰囲気は？」

「伝聞の情報しか収集できないので、はっきりとはわかりません。木下は女遊びが派手なようですし、直登は定期的に風俗へ通っています。どちらも異性愛者です」

「……その言葉を、信じるよ」

心配し始めるとキリがない。

「ひとまずは、いまのままの作戦で進める」

「美園の動きは、岩下さんが止めています。道元は、美園が……」

「……佐和紀さんが痺れを切らさないといいけどな」

道元と美園の動きも止めているのだ。木下との暮らしに耐えられず、直登を連れて飛び出すようなことがあれば、探し出せなくなる。

このままじりじりと合流して、先の予定を相談したい。

まずは、直登のことと、関西の情勢。

加えて、道元と美園の思惑を確認してすり合わせる。

「信じていらっしゃるんでしょう」

双子の片割れは、ひんやりとした声で言う。冷たく無表情だ。

「他に信じるものがない。俺の生きがいだ」

知らず知らずのうちに口元に笑みが浮かんだ。

「ご報告は以上です」

そう言ったが、なかなか立ち去らない。

「……駄賃をもらうように、星花に言われています」

「足元を見るよな、おまえたちは。田辺からもらってくれよ」

立ち上がって財布を取りに行くと、追ってきた双子に腕を掴まれた。その指の熱さに、駄賃の意味が違うのだとわかった。

「へたくそな男の相手ばかりで退屈してたところだ。……でも時間がない」

「させていただければ結構です」

双子の片割れの手が岡村の頬を包んだ。くちびるが重なって、なまめかしく舌先が忍び込んでくる。

横澤としてではなく、岡村として、誰かの相手をするのは久しぶりだった。

＊＊＊

カレンダーが二月になり、半ばも過ぎる。

佐和紀と岩下が結婚したのは、この季節だ。披露宴は夜に行われ、横浜の街には雪が降った。組屋敷に植えられた椿《つばき》の花が、白に映えて鮮やかに咲いていたことを岡村は覚えている。

あのときは、予感さえなく、こんなふうに、全身全霊をかけていく相手だとは夢にも思わなかった。

世話係を命じられたときも、早く別れたらいいのにと思っていたぐらいだ。

長く続くはずがない。そう誰もが考えていた。

男同士なのも理由のひとつだが、岩下が結婚に向かない男なのも明白な事実だった。

しかし、運命の輪はどこで回るとも知れない。気づいたときには波に巻かれるように運ばれて、以前の自分のことなど忘れてしまうのだ。

「あー、さみぃ～」

横澤の斜め前を歩いている野井が、ぶるっと震えた。自分の身体に腕を回して、ぎゅっと肩をすくめる。

「早く飲みたい……。横澤さんは、いいっすよね。見るからにあったかそうなの、着てるから」

肩越しに振り向かれて、笑い返した。

「おまえだってダウンを着てるだろう」

「これ、中綿です。しかも年季が入ってるんで、もうペッタンコなんスよ」

「野井さん、もらった金をすぐに溶かすから」

千早の取り巻きのひとりが、横澤の隣に並んで言った。葛城組の若手構成員だが、千早の舎弟ではない。組長の『子』だ。

「なにで溶かすんだ」

横澤が尋ねる。その瞬間、路地から男が駆け出してきた。野井と構成員がとっさに動き、横澤を守った。

相手は目の前で足をもつれさせる。追われているらしく、両手を使って這《は》うように動き、体勢を整える。起き上がって振り向いた瞬間、視界を黒い物体が横切った。

跳び蹴りを受けた男は、声にならない悲鳴をあげて地面に転がる。

「うっわ……。強烈……っ」

横澤を道の端に下がらせながら、野井はその場を離れようとしなかった。あまりに見事な跳び蹴りだったからだ。

「悪かった！ 悪かったから！」

コンクリートに膝をついた男は、顔の前で両手を合わせる。

「悪かったで済まねぇから、カタつけてんだろうが！」

怒鳴り返す声に、横澤の背筋が伸びる。びりびりと胃に響く啖呵《たんか》を、よく知っていた。

声も、言い回しも、鋭さも。

野井の肩越しに、男の胸ぐらを摑んでいる背中が見えた。黒いベロアのブルゾンに、鮮やかな花牡丹の刺繡。髪はムラのある金色にブリーチされている。

「あれ、『花牡丹のサーシャ』やろ？」

若い構成員が野井に言う。

「噂通りやな。めちゃくちゃ強い」

野井が答えたのと同時に、

「女、殴っといて、自分はケツまくる気か！」

佐和紀が叫んだ。そこに若い男女が駆けつけた。女は寒空の下、バスローブを着ている。一緒にいる男はセーター一枚だ。

「それぐらいで、もういいだろ」

男が佐和紀の腕を引く。木下だった。資料で見た写真と同じ顔だ。

「カノジョも、もういいって言ってる。金をもらって、それで終わりだ」

木下が、佐和紀を押しのけ、男の前にしゃがんだ。話をつけ、金を受け取る。バスローブを着た女は風俗嬢なのだろう。

まだ気の立っている佐和紀は宙を睨んでいた。怒りが引かないのは、生活が荒《すさ》んでいる証拠だ。余裕がない。それは、見た目からもわかる。

傷んだ髪が伸びっぱなしで、佐和紀は、すっかりやつれていた。

しかし、冴えた美貌《びぼう》は変わらない。だからいっそう見るのもつらかった。

「あれ、男やんな」

野井が構成員に聞く。佐和紀は木下に急《せ》かされ、女と一緒に路地へ戻っていった。

「男でしょ。胸、ありませんし」

構成員が答え、野井は首を傾げた。佐和紀が消えた方向を目で追う。

「めっちゃ、きれいな顔、してんなぁ……。横澤さん、好みなんじゃないですか？」

もうすでに、横澤の性癖は広まっていて、毎日のように男を抱き、愛人を探していることも知られていた。ついでに、テクニシャンの絶倫だと噂されている。

「……いいね」

ムートンコートのポケットに手を入れて、目を細める。佐和紀がすぐそこにいる。

それなのに、声もかけられず、気づかれるわけにもいかない。

「うぉッ、横澤さん、めっちゃエロい顔……」

「野井さん、なに言ってんスか」

慌てた構成員も同じことを考えたのだろう。その場を取り繕って歩き出す。

「ノイ。千早さんに伝えておいてくれ。あの男が欲しい」

口にするだけで胸が痛み、じくじくと疼《うず》いた。いますぐに追いかけて、引き止めたい。

木下から奪い返して、元の暮らしに戻したかった。

しかし、それは佐和紀の望みではない。自分の心に何度も言い聞かせる。

どう動くのかを決めるのは佐和紀だ。横澤は、その通りに道を整える。そのために、こうして名前を変えて、再会を待っているのだ。

苛立ちをぶつけるように男を抱いても、心は微塵《みじん》も晴れなかった。

佐和紀を想像するからじゃない。行き場のない想いが暴れ回るからだ。

＊＊＊

「噂には聞いてたけど、ほんまにスゴイね」

今夜の相手は、華奢《きゃしゃ》な大学生だ。卒業前にパチスロにはまり、借金苦で売春をしている。ただ痩せているだけの身体は薄っぺらで、喘《あえ》ぎ声も甲高くて耳障りだ。

他に仕込みようがあると、昔の癖で考えてしまう。ＶＩＰの相手をするデートクラブに所属させるのは無理だが、盛り場で立たせるには悪くない。相場より安くさせて、後ろは使わず、口と手で数を稼ぐ。

「俺、合格やろ？」

自分の容姿に自信があるらしく、全裸のままベッドから下りると、イスに座っている横澤の後ろに回った。

「なぁ、もう一回」

ハートマークが飛びそうな声で誘われ、指に挟んだ煙草を取り落としそうになる。よく言えると思ったが、ここで辛辣《しんらつ》になるのは横澤のキャラではない。

ぐっと耐えて、煙草を揉み消した。

「一回でじゅうぶんだ」

立ち上がって、ベッドサイドの引き出しから現金を取り出す。約束よりも多く渡した。

「シャワーはこれから俺が使う。君はどこか別の場所で頼むよ」

「え？　なんで？」

一万円の数にニヤついていた男が顔を跳ねあげる。

「俺、よくなかった？　これでも、めっちゃ人気あるんやで」

「……君に似合いの男たちを選ぶのが賢明だな。帰らないなら、迎えを呼ぶけど……。素直に帰った方が、ピンハネされずに済む」

多く払ってもらったことがわかれば、見張りと送り迎えをしている構成員に取り上げられる。それを察した男はぶつぶつ言いながらも服を着た。お互いにコンドームを使ったから、肌は汗で濡れただけだ。

それも相手の男だけで、横澤の肌は乾いている。たいして動く必要もなかった。差し込んでほんの少し揺さぶり、股間《こかん》をさすってやれば終わる。

バスローブを着て、男を送り出し、

「……肉体労働が過ぎる」

つぶやきながらバスルームに入って、熱いシャワーを浴びる。

野井から横澤の要望を聞いた千早は動いていたが、木下と繫ぎが取れただけの段階だ。木下は阪奈会ではなく真正会に近い男だから、千早も慎重になっているのだろう。

髪を洗った岡村は、予備のバスローブで寝室へ出る。千早に電話をかけながら、ベッドからシーツを剝ぐ。部屋の廊下へ投げ出したところで電話が繫がった。

『ダメでしたか』

千早はもう笑っていた。

「わかっていて寄越したな」

『まさか！　もしかしたら、相性がいいってこともあるんやないかと……』

「ないだろ。ノシイカみたいな身体だったぞ」

『うまいこと言う』

「千早さん」

『わかってます。花牡丹のサーシャでしょう。金額の交渉をしてます』

「金ならいくらでも払う。……一目惚れだ。どうしても欲しい」

『相手は狂犬ですよ』

懐かしい表現を聞いて、身体に緊張が走った。

「こう見えて、犬のしつけは得意だ」

そう言って、電話を切り、窓辺に寄った。カーテンをわずかに開くと、大阪のネオンが見下ろせる。

犬のしつけが得意なのではなく、しつけられてきたのだと思う。

飼い主が不在で、孤独が身に沁みる。

やつれた顔が夜景と二重写しになり、カーテンを閉めた。

「あんなに、痩せて」

元気に跳び蹴りをかましていたから、どこか調子が悪いということはなさそうだ。ケガもしていなかった。

それはともかく、岡村が気に食わないのは髪の色だ。

美容室ではなく素人が施したブリーチで、髪はボロボロになっていた。金髪が似合わないわけではないが、手入れがひどくて見た目が悪すぎる。

ため息がこぼれ、胸の奥に風が吹く。焦る気持ちを飲み込んで、岡村はまた横澤の仮面をつけた。

＊＊＊

地下鉄の駅から徒歩五分。御堂筋《みどうすじ》から路地を入る。

行き交う人もまばらな平日の午後だ。二月の終わりの日差しはどこか春めいて、白いビルが眩しく見えた。

四階に上がると、エレベーターホールの真正面に、手描き風フォントで『reflet』と書かれていた。壁は真っ白だ。

右側は階段になっているから、左に折れる。壁はやはり白く、回廊のように縦長になっていた。突き当たりに壁、左手に自然光を取り入れた中庭。ガラスは格子状に区切られている。

まっすぐ進むと、突き当たりの壁の足元に合同展示会の看板が見えた。『ルフレ』は若手の画家を支援する画廊だ。

ギャラリースペースは広く、大小さまざまな油絵が並んでいる。

フロアの中央には背もたれのないベンチが置かれ、手前と奥に商談用のテーブルとイスが置かれていた。

年配の客がふたり、バラバラに絵を見ている。

入り口付近に設けられた受付で、若い男に勧められて芳名帳に名前を書いた。岡村でも横澤でもない適当な名前だ。連絡先は空白にして、コートを腕にかけてフロアを巡った。

ひときわ大きなキャンバスに描かれた山の絵を見ていると、隣に人の立つ気配がする。

「従兄弟《いとこ》の子どもが描いたんです」

千早の声だ。

「買うには大きすぎる」

横澤は振り向かずに笑った。

「いや、いいんです。感想を聞いてみたいと思っただけですよ。横澤さんはセンスがあるから」

「センスね」

そんなものがあっただろうかと、内心で首をひねりながら視線を壁に巡らせる。嫌悪感を抱かせない色彩センスだ。山をモチーフにしたものが多いのは、今回のテーマとしているからだろう。

「こいつの親はふたりとも、山登りが趣味で……。父親は山で死んでるんです。この大きい絵、ちょうど足を滑らせた山肌やって言うてたな」

千早は身を乗り出した。そこに父親が描かれているわけではない。ただ、山肌を削るようにして重ねた絵の具が盛り上がっているだけだ。

「親しいんですか？」

「全然。俺はこんな商売でしょう。向こうがよくても、こっちが困ることがある。まぁ、気が向いたら金を使ってやってください。絵描きがひとり、生き延びます」

腰の後ろで手を組んで、千早は後ろへさがった。

「よく描けてると思うけどなぁ……」

しみじみとつぶやくのを聞きながら、横澤は隣の絵に移る。やはり同じ山を描いた絵だ。山そのものではなく、山肌に差した太陽光と、それが作り出す影を描いている。

「横澤さん。例の件、話がまとまりましたよ」

千早がまた近づいてきて言った。

思わず振り向きそうになったが、ぐっとこらえる。一息置いて、ようやくわかったふりでゆっくりと顔を向けた。

「あぁ、あの男か……。うまくいかなかったんじゃないのか？」

「ついこの前も、あれがいいって、言うてはったやないですか」

「あれだけキレイなのを見ると、どれもパッとしないからな」

笑いながら、絵に視線を戻す。何度か繰り返して呼んだ相手もいたが、二度目は一度目ほどの緊張感がなく、三度目になると嫌気が差す。

色事師の仕事として抱くなら、調教ができる。好みに近づけることで少しは楽しめるが、どうせ商品にするわけではない相手だ。セックスにも身が入らない。

それでも、金を余らせている性豪の噂は広まる一方だ。予想と違う評価になっているのは、大阪の土地柄のせいだろう。

「横澤さんほどの人なら、そうでしょうね。あれぐらいの見た目が似合いますよ。でも、かなりふっかけられてます。いいんですか」

薄手のコートを跳ねあげ、スラックスのポケットに両手を突っ込んだ千早は苦々しく顔を歪めた。

「商売男じゃないんだろ？」

「それなりに仕込まれてるって、面倒をみてる男は言うんですけどね。前に話しましたか？　木下というヤツで、まぁ、金にたかるハエみたいなチンピラです。舎弟というか、弟分として連れ回している男が、危ないヤツだって噂だから、その気なら金は言い値を払った方がいいでしょう」

千早の声が一瞬だけ、ぐっと低く響いた。

無駄金を使わせまいと彼なりに考えたのだろう。木下を痛めつけて『花牡丹のサーシャ』を差し出すように仕向ける算段もしたようだ。

大金が木下に流れるぐらいなら、葛城組の方で欲しいと思ったのかもしれない。

親切に振る舞っているが、千早も根っからのヤクザだ。横澤の金をゆるやかに巻き上げようと待ち構えている。

ラウンジ『花咲』もキャバクラ『キャロル』も、おそらくは千早の、もしくは葛城組の息がかかっているのだろう。『待夢里』についてはグレーゾーンだ。横澤が支払いをすることはほとんどないから、千早が安くツケで飲める馴染《なじ》みの店といったところだろう。

「一晩一本ってことはないだろう」

横澤の発言に、千早が眉根を開く。

「ときどき驚くようなことを言いますね」

東京では相当に危ない橋を渡り、あくどく金を集めてきたと思われている。

千早はなぜか、すかっと晴れやかな笑顔で笑った。

「さすがに十万ってことはないでしょう」

「ケタが、ひとつ足りてない」

微笑みながら流し目を向けると、千早の目が丸くなる。

「いや、それは」

たかだか一晩の相手に高額すぎると言いたげに首を振る。

「大阪《ここ》はやっぱり、値下がりが激しいな。向こうが高すぎるのか……」

デートクラブのＶＩＰが初めての相手を指名するときは、最低でもそれぐらいの金を払う。安い金で次々に男娼《だんしょう》を乗り換えられては困るからだ。

同時に、金に対する価値観も浮き彫りになる。百万円払った相手だから丁重に扱うのか。それとも、自分の好きにしていいと手荒く扱うのか。

後者であっても、金払いがよければいい。ただし、一回のデート代は、以後も変わらずほぼ同等だ。店としても、保険をかけておく必要がある。

紳士的である場合は割り引きを行い、店の子と相性がいいなら、さらに下げた。好ましい相手と頻繁に会えれば、精神的に安定するからだ。

「そんな遊び方をしてたら、金なんかすぐに尽きるでしょう」

千早が怪訝《けげん》そうに首を傾げた。

「株はそんなに儲かりますか」

懐具合をさりげなく探る気配に、

「なくなったら、そのときに働けばいい」

と答える。収入源がある素振りをすれば最後、なにを頼んでも高額の手数料が加算されるようになってしまう。本当のことは言わないに限る。

「千早さんもまとまった金を持ってるなら、相談に乗るよ」

「あればなぁ、いいけどなぁ」

悔しそうに苦笑した千早も、さりげなくかわしているのだ。

信頼関係が出来上がるにはまだ日が浅い。一進一退を繰り返して、腹の探り合いが続く。

「じゃあ、話を進めておきますよ。横澤さんが思うような金額じゃないから。……手付けに五万。当日にも五万。両方で十万です」

「わかった」

あとで手付金の五万円を渡すと約束して、横澤はその場を離れ、反対側の壁に向かう。

『花牡丹のサーシャ』の枕《まくら》代は当日支払う五万だろう。

手付けの金は千早が取るに違いない。

交渉が長引いたのも、手持ちの男をすべて出し尽くしてからという思惑があったのかもしれなかった。そのうちのひとりでも横澤のお気に入りになれば、実家の親が、妹が、とあれこれ理由をつけて金を引っ張れる。

なかなか手堅いヤクザだと思いながら、横澤はひそやかに笑った。

そういうシノギを、自分たちがしたことはないと思うからだ。どれほど甘やかされていたのか、いまになって身に沁みる。

金に汚くならずに済んだのは、岩下が小遣いをくれていたからだ。いつだって先頭に立って泥をかぶり、分配をケチることもなかった。

「ご機嫌ですか？　言い忘れてましたけど、三日後です」

千早が近づいてきて耳打ちされる。

「その日を逃すと、かなり先送りになりそうですから……」

「美人がワガママなのは仕方がない」

佐和紀を思い出しながら答えると、

「いや、ワガママなのは、木下のヤツですよ」

千早は苦笑いして言った。

7

横澤から日時の指定ができなくても、三日の猶予があったことは幸運だった。

岩下に連絡を取り、予定を調整することができたからだ。

「すっかり別人だな」

ソファに沈むようにもたれた岩下は、長い足を組み、灰皿を片手に煙草を吸う。

急ごしらえで金持ちを気取っている横澤とは違い、こちらは本物の富裕層だ。コットンフランネルの三つ揃えを、ルームウェアのように着こなしている。

実際、見た目以上に軽く柔らかいのだろう。仕草にも窮屈さは感じられない。

「おまえまでやつれてどうするんだ」

苦笑を向けられ、視線をそらした。コーヒーカップを片手に、リビングの壁へもたれる。

横澤として借りている部屋ではなく、その隣室だ。

「俺なりの苦労があるんです」

「男の相手ばかりは飽きるだろう。少しは楽しんだか」

からかってくる岩下を睨み、コーヒーを飲む。

横恋慕で苦しんでいたときでも、こんなに男を抱くことはなかった。性的嗜好《しこう》は異性愛だ。男の佐和紀に惚れても、感情を晴らす相手は女を選んできた。

佐和紀に置いていかれて荒れていた一時期はイレギュラーだ。

「補佐と一緒にしないでください。迷惑だ……」

「そう言うなよ。おまえらを食わせるためだ」

岩下は、わざと同情を引く言い方をする。

だから岡村も無視をした。今夜の装いに選んだのは、フルオーダーメイドの三つ揃えだ。気負いすぎている感は否めないが、日が近づくごとに気楽ではいられなくなった心情には合っている。

佐和紀と会える喜びよりも、現状を知らされる不安が大きい。

どんな苦労をしているのか。大阪入りしてから、努めて考えないようにしてきたことが、大きな波になって押し寄せてくる。

不安に負けるわけにはいかないと気持ちを引き締め直すたび、横澤の正体を知らずに売られてくる佐和紀を想う。逃げ出さずに来てくれと、祈りたい気分だ。

「九時頃には来るはずだから、『準備』をしておいてください」

わざと『準備』を強調して、壁から離れた。

「時間はそれほどありません。二時間が限界でしょう。今日のうちに帰すように、木下から注文が入ってます」

「離してくれなかったらどうする？」

ふざけている岩下を睨みつけた。

「本人の意志に反します。大人になって、引いてください」

佐和紀は、岩下のもとを飛び出したのだ。セックスに負けて元の鞘《さや》へ戻るのは本意では
ないだろう。

「意志に反する、か。それなら、俺とは会いたくないだろう」

岩下はこともなげに言って、薄く笑った。

今日に合わせて大阪へやってきた岩下は、対外的には『お忍び外交』の最中だ。ひそか
に大阪入りして、美園や道元と会うことになっている。

実際、美園と道元は割烹《かっぽう》料理の店で周平を待っていた。まさか、店の入り口から裏へ抜
け、こんなところで密会の瞬間を待っているとは思いもしない。

「あの人が望まなければ引き合わせません」

「おまえでいいと言えば、抱くわけか」

岩下の表情から心を読むのは難しい。おもしろがっているのか、嫉妬しているのか、ま
るで不明だ。

「……俺のこともイヤなら、なにもしません」

口に出すと、胸の奥が痛んだ。

佐和紀は自分たちよりも西本直登を選んだ。そう思う気持ちに足がすくむ。望まれていなくてもかまわないのに、別の誰かが優遇されることには傷ついてしまう。

「そんなに緊張するな。……童貞めいて見える」

ふっと笑った岩下が、灰皿を置いて立ち上がる。煙草を片手に据え置きの鏡台を覗き、それから岡村を見た。

「根拠のない自信が一番強いんだ。理由なんて求めるな。……おまえが立ってる場所が、この世界の中心だ」

腰に手を当てて胸をそらす岩下は、淫雑で、なまめかしい。近づく女を確実に不幸にする悪い魅力だ。そういうものにほど、人は近づきたがる。

「他人がどう評価するかじゃない」

煙をくちびるから細く吹き出す。指に挟んだ煙草を遠ざけた。

「欲しい相手が、落ちるか、どうかだ」

ほくそ笑むような顔に、岡村は心の中で両手を挙げた。勝てるわけがないと、知っている。同じ土俵に乗ってはいけない相手だ。どうしたって、見劣りがするだろう。

「俺が落としたら、困るのはそっちだ」

気がついたときには、生意気な発言を口にしていた。

「望むことは、あいつの幸福だけだ」

岩下もうそぶく。あきれたふりで肩をすくめた岡村は、目を細めた。

「一時間程度のセックスのためにわざわざ来るんですから、あなたもずいぶん暇になりましたね」

「忘れられたくないのは、俺も同じだ。おまえと違って、仕事でのセックスも許されない。袖の端っこにでもキスできるなら、どこまででもノコノコ出ていくに決まってるだろう」

煙草をくわえた周平がジャケットを脱ぐ。

「優しくしてあげてください。きっと久しぶりだ」

隣の部屋へ続くドアを開き、岡村は振り向いて言う。

誰もが不安で、誰もが落ち着かない。いまこの瞬間、ホテルへ向かっている佐和紀にしても同じだ。

どうしてこんなことになったのか。そもそもの疑問が脳裏をよぎり、すっきりと美しく生きられるなら、この世界にはいないのだと思い直す。

秩序のない騙し合いの世界だから、誰かを想う気持ちはこんなにも美しい。そして、どうしようもなく悲しい。

リビングを抜けて、寝室に入り、窓から夜景を眺める。深い息を繰り返し、目を閉じた。

約束の時間を少し遅れて、葛城組の構成員が到着を告げに来た。

いつもの通り、横澤の相手をする男はスイートルームのドアの内側で待たされる。挨拶を済ませた構成員と下っ端が出ていってから、ひとりで寝室まで入ってくるのだ。

窓際に立った岡村は、くわえ煙草で、カーテンの隙間から外を眺めていた。寝室の入り口には背を向けている。

正面切って待ち構えることなんて、できるわけがない。駆け寄ってしまう自覚があった。構成員から名乗るように言われているはずだが、『花牡丹のサーシャ』はなかなか口を開かない。

くわえていた煙草を、窓際のテーブルに置かれた灰皿で揉み消す。顔を向けずに、ジャケットのボタンをはずす。

「……先に、シャワーを浴びても、いいですか」

緊張感のない声で言われ、岡村は無言のままジャケットを脱いだ。カフスボタンをはずす指は、震えもしなかった。

声は確かに佐和紀のものだ。しかし、口調は、岡村の知らない男だった。騙されたわけではなく、納得済みで売られたことがわかる。

木下と直登を食わせるための仕事だと割り切っているのだ。岡村は落胆を通り越し、怒りを覚えた。

　はずしたカフスボタンを握ったまま、もう片方の袖からもカフスボタンをはずす。

「そのままでいい」

　言いながら、手にしたふたつのカフスボタンをテーブルに置く。

　乾いた音が、かすかに響いた。

「ずいぶんと積極的だ。……まるで、男に飢えてるみたいに」

　顔を歪ませながら、入り口へと視線を向ける。

　そこに、黒いベロアのスカジャンを着たチンピラの男が立っていた。片方の胸元に大きな牡丹の花の刺繍が入り、髪は小汚く脱色されている。

　ぎくりとした表情であとずさるのを見て、岡村は大股に近づいた。腕を掴んだ勢いで、佐和紀の背中が寝室の壁にぶち当たった。

　痛みに歪んだ顔を見ても、謝る気にはならない。

　感情のすべてに心を揺さぶられ、岡村は息を乱した。

「こんな髪の色をして！　チンピラに見えると……バカか」

　間違いなくチンピラには見える。横浜の暮らしを知っていれば、いっそう憐《あわ》れなほどに落ちぶれた姿だ。

　決まりが悪そうに背けられたあごを掴んで正面に戻す。両手で顔を押さえて見据えると、佐和紀の瞳にあきらめが滲んだ。

「俺を……、抱きに来たのか」

仕方がないと思っているように聞こえ、岡村は激しくショックを受けた。

「殴りますよ」

やっとのことで答えたが、声は低く沈んでかすれる。

スラックスの膝を、佐和紀の足の間に割り入れ、胸を合わせるように近づく。

壁にすがった佐和紀は、くちびるの位置をずらすように沈み込んだ。代わりに股間が岡村の足に当たる。

あきらめたふりで強がっていても、だれかに抱かれることは望んでいない。名乗りもしないうちにシャワーを要求したのも、思惑があってのことだろう。

どうせ、ろくな考えではないと思いながら、岡村は威圧的に佐和紀を見下ろした。

「正直に答えてください。誰かと寝ましたか」

言いながら足を動かすと、硬くなり始めたモノの感触がした。

「寝てない……。そんなことをするために……」

佐和紀の言い訳を最後まで聞かず、ぐっと膝を上げる。ごりっと動く硬さがあった。

「んっ……」

息を詰めた佐和紀が焦った。

「……ッ……バカ。これは、まむしドリンクを飲まされたからで。溜《た》まってるんだよ」

恥じらって目を伏せる仕草がずるい。

壁に両手を当てた岡村は、顔を見ないように身体を近づけた。そんなことを言われては冷静でいられない。佐和紀の貞操が無事だったと安堵《あんど》する以上に、欲求不満になっている身体を知り、岡村の股間も反応してしまう。乱れそうになる息をひそめて舌打ちをした。

「男の部屋に入って、いきなりシャワーを浴びるな」

責めると、佐和紀は不満げに眉をひそめる。

「知らねぇよ。間が持たないから、言ったんだろ。……当たってるっ！」

追及を続けようとした岡村をしつこいと一喝し、腰に押し当たっているモノに気づいて怒鳴る。

「俺が誰かと寝てたら、自分とも……とか考えてんだろ！」

「ダメなんですか！　俺がどれだけ心配して、どれだけ必死になったと……」

「悪かったよ！　でもな！　遅ぇんだよ！」

叫んだ佐和紀は、そのままの勢いで地団駄を踏んだ。

「遅い遅い遅い！　あれから何ヶ月かかってんだ！　くそボケが！」

勢いよく罵られ、岡村は驚いた。置いていかれた理由を聞くまでもない。誰もが口を揃えたように、佐和紀は待っていたのだ。おそらく本人も、いまのいままで自覚していなかったに違いない。それでも待っていた。

岡村があとずさると、今度は佐和紀が前へ出てくる。

「俺はここに来るまで、どうやって切り抜けようかと考えてた。口でするのはもう仕方ない。服を脱がされて、舐め回されるのも我慢しよう。でも、最後をどうするかだ。素股しかないよな。……なぁ、おい！」

ネクタイを摑まれ、岡村の身体が傾ぐ。

「するか、素股。させてやろうか」

怒りに燃えた目が挑戦的だ。

「勝手すぎますよ」

答えながら佐和紀の両腕を摑んで踏み込む。

佐和紀のベルトを摑んではずそうとすると、嫌がって身をよじらせた。ふたりはいつのまにか、リビングに出ていた。

岡村はかまわずに進む。佐和紀をコネクティングルームのドアまで追い詰める。向こうに周平がいることを知らず、岡村に背を向けて、ドアノブへ飛びつく。

逃げようと開いたその先にもドアがある。二重扉だ。

「佐和紀さん、あきらめて」

ささやくように言ったのは、これぐらいの意地悪なら許されて当然だと思うからだ。勝手に置いていって、一言もなかったくせに、遅いと言って怒る。

少しは追い詰めたくて、イヤだと叫ぶ身体を背中から抱く。スカジャンの内側へ手を入れ、服をたくしあげた。

指が素肌に触れ、佐和紀は小さく息を吞《の》む。

「悪かった……から……っ」

声が震え、懇願の響きになる。岡村はすでに激しく後悔していた。

「もう、しませんか。俺を置いて、行かないですか」

意地悪をしても心は晴れない。好きだから追ってきた。ただそばにいて、望むモノを与えるために、慣れた暮らしを捨て、慣れない色男のふりをしている。

すべては佐和紀のためだ。

「し、な……ぃ」

岡村の息が耳元に当たっただけで、佐和紀の身体は脈を打つように跳ねる。逃げようとしないのは、男の息づかいにさえ思い出す相手がいるからだ。

「せめて、一声かけてから」

「わかった！　わかった、から……っ」

息を乱して身をよじった佐和紀は、もうひとつの扉に手のひらを押し当てた。

興奮剤でも飲まされているのかもしれない。熱を帯びた肌から佐和紀の匂いが立ちのぼり、興奮し始めているのがわかった。

このまま焦《じ》らせば、肌を合わせることは叶わなくても、指で抜くぐらいならできそうに思える。

「じゃあ、ご褒美に、いいこと、してあげます」

そう言いながら、佐和紀の腹に指を押し当て這わせる。

扉の向こうで聞き耳を立てる周平を想像しながら、へそのふちを撫でた。してくれと佐和紀が言えば、岡村の勝ちだ。

こちら側のドアを閉めて鍵をかければ、邪魔はできない。

あきらめていたけれど、なれるものなら、名実ともに愛人になりたい。

岡村の心からの願いは、一瞬の妄想だった。

「しゅう、へ……」

甘い声がかすれ、佐和紀が額をドアにぶつける。悶《もだ》えそうになるのを必死でこらえている姿に、岡村は現実を見た。

「あなたは、やっぱり俺をみくびってる。あなたの右腕なのに……。あなたのためだけに生きているのに……、俺を信用していない」

どれほどの想いを殺して、どれほど愛しているか。佐和紀はまるで知らない。

けれど、知る必要もなかった。

愛はいつだって自分本位だ。どんな自己犠牲にも陶酔と快感がつきまとい、自己愛に完結していく。

「待ってた。おまえが、来るのを……っ。シン……ッ！」

佐和紀がくるりと振り向いた。ネクタイを摑まれる。すがりつかれて、互いの股間がこすれ合う。どちらも固く張り詰めていて、いやおうなく興奮が募る。

「……周平にっ、会いたい……っ」

感情を抑えた声が、それでも上擦る。それが本音だろう。勢いをつけて飛び出さなければならないほど、佐和紀にとって岩下の存在は大きい。

そして、後ろ盾を手放すことの恐ろしさを知ったに違いない。精神的にも、物理的にも、岩下が提供してきたものは、佐和紀を支えるすべてだった。

「会いたい、会いたい……っ」

繰り返す声が悲痛に聞こえ、佐和紀の後悔が岡村にも伝わってくる。

自分の選んだ道だからと耐えても、苦しかったに違いない。

しがみついてくる佐和紀を、力いっぱいに抱き寄せた。

「遅くなって、すみません。たっぷり、気持ちよくなってください」

耳元にささやきかけ、ドアをノックする。

佐和紀のことを、早く楽にしてやりたかった。

鍵のはずれる音がして、佐和紀の背後にある扉が静かに開く。岡村は、ありったけの想いを込めて、佐和紀の耳元へ言葉を贈る。

「俺はあなたの右腕です。どこへ逃げても、かならず探し出して、あなたの望むものを用意します」

佐和紀はまだ、扉が開いたことに気づいていない。しかし、佐和紀の身体を抱く岡村の指は、岩下によってほどかれる。

離れてもなお、人生の伴侶《はんりょ》に違いない男を、岩下は優雅に引き受ける。生まれたての子どもを受け取るように、優しく慎重だ。

佐和紀は驚くこともなく、ただ浅い息を吸い込む。思い切り伸ばされた腕が周平の首に巻きつくのを見て、岡村は部屋を譲った。

隣の部屋に入り、閉じた扉に背中を預ける。

なにかを具体的に考えることは、もうできなかった。

バカなやりとりをしたと後悔しながら、何度繰り返しても進歩のない佐和紀との関係をなぞる。

抱いた身体は、痩せてやつれていた。厳しい現実がせつなく胸に迫り、西本直登のことを、もっと親身になって考えるべきだったと思う。

片手を目元に押し当てると、滲んだ涙で肌が濡れた。自分が泣いていることに気づき、それさえも佐和紀への想いに帰着させる。涙も、佐和紀のためのものだ。

ずるずるとその場に沈み込み、岡村は片足を床へ投げ出した。

佐和紀を失って泣くよりも、そばにいて悲しむ方がいい。

身勝手な自己犠牲も、暴走しがちな自己愛も、佐和紀に捧げる。

「佐和紀さん……っ」

抱き寄せた片膝に顔を伏せ、震えながら名前を呼んだ。

これでよかったのだと、心から思えた。追いかけ、支え、求めるものを与える。

誰から見ても不毛でも、岡村の胸の内は熱くなり、ボロボロになっていた心も甦っていく。想いが叶わなくても、他人の妻でも、これが岡村の愛であり、佐和紀は追い求め続ける相手だ。

岩下の首に巻きついた佐和紀の腕を思い出し、岡村は、しばらくその場を動かなかった。


佐和紀と岩下の逢瀬は、あっという間に終わった。

正確に言えば、濃厚なやりとりに聞き耳を立てていたから早く感じたのだ。

「行かなくていいんですか」

佐和紀が帰ってからも、岩下は隣室のソファに居座っていた。

シャワーを浴びて身繕いも済ませているのに、ソファに沈んだまま、煙草を吸い続けている。くわえたままで吐き出す煙が、抜けていく魂に見えて、部屋と部屋の境にもたれかかった岡村は眉をひそめた。

空気に溶けた岩下の魂は、佐和紀を追っているのだろう。いまごろ佐和紀も、そんな伴侶を想っているに違いない。

短い交わりなのに、佐和紀はしばらく足腰が立たなくなっていた。

岩下にしては理性のない責め方だ。ふたりは時間の限りに貪《むさぼ》り合っていた。

「道元と美園が待っていますよ」

「んなわけ、ねーだろ」

放心した岩下は口悪くつぶやき、ジャケットの内側についている隠しポケットを探る。取り出したのは、指輪だった。

大粒のダイヤは見覚えがある、佐和紀に贈ったエンゲージリングだ。質に流れ、周平の手元へ戻ったのだ。

「どうして、あんなにいやらしい身体を、してるんだろうな……」

ぼんやりとした問いかけに、岡村は両目を見開く。驚きを通り越して怒りを感じた。

それはもちろん、岩下自身のせいだ。さんざん抱いて、仕込まないと言いながら、ありとあらゆるエロいことを佐和紀に教えた。

火照《ほて》る身体を持て余すほどの淫乱さも、岩下の責任だ。

「絶対、答えない」

胸の内に秘めたつもりの言葉を、うっかり口に出してしまう。

岩下は無反応だ。ダイヤを掲げて、天井のライトで透かし見る。

「どうかしてたのかもしれないな、俺も。あいつにほだされて、簡単に行かせて……」

「後悔しているんですか」

「しない夜はない」

ぞくっとくるような妖艶な声で言われ、また腹が立った。

「昼間はどうなんですか」

辛辣に言うと、岩下が振り向く。

「起きてる間は平気だろ。大変なのは、ひとり寝の夜だ。……抱けなくても、そばにいられた頃が懐かしい」

「好きに後悔してください。でも、もう時間です」

時計を確認して急かすと、岩下は緩慢な仕草で立ち上がる。

「……横澤。これは、おまえに預ける」

差し出されたのは、先ほどまで眺めていた指輪だ。

２カラットのダイヤが、華やかに白く輝いている。

「これ……」

岡村が気づくと、岩下はくちびるの端を引き上げて性悪に笑った。

「おまえの愛人に贈るといい。どうせだからゴールドのダイヤを足しておいた」

立て爪だった指輪はデザインが変わり、大きなダイヤの両脇に細長いスクエアのダイヤが、それぞれ二つずつハの字に配置されていた。イエローと呼ぶには深みのあるゴールデンイエローだ。

「佐和紀と、おまえたち」

岩下はまだセックスの余韻が残る顔で言う。岡村と三井と石垣、そして知世。みんな、佐和紀の世話係だ。

「頃合いを見て、渡してくれ。おまえからの贈り物なら、木下も質には流さないだろう。中指に合うようにサイズも直してある。痩せてたから、ゆるいかもしれないけどな」

「……ずるいですよね」

指輪を受け取って、正直な気持ちをぶつける。格好のつけ方が想像の斜め上を行き、拗ねながらも喜ぶ佐和紀の顔しか想像できない。

「愛してるんだよ、寝てもさめても」

キザなことをさらりと言い、今度はソファの前のテーブルを指差した。気がつかなかったが、四角いボトルが置かれている。

「……香水を変えたんだ。おまえもアレを使ってくれ。同じ匂いの方が都合がいい。……佐和紀が、俺と間違えて甘えてくるかもしれないしな？」

わざわざ身を屈めてまで顔を覗き込んでくる岩下は、相変わらず意地が悪い。

「余計なお世話ですよ。あんたに合わせると、年寄りくさいんじゃないですか」

「佐和紀は年寄りが好みなんだ。……ダンディな」

「あぁ、牧島《まきしま》みたいな」

岡村がそれとなく出した名前に、岩下はあからさまなほど不機嫌になる。

牧島は、佐和紀が懇意にしていた政治家だ。

「もう、行くから」

岩下はくるりと背を向けた。ソファのそばを抜けて、思い出したように足を止める。

まだ意地の悪いことを言えるのかと、岡村は身構えた。いつまで経っても成長のない弟分だと想われているようで、おもしろくない。

「おまえは、いい男になったよ。シン」

思いがけないことを言った岩下は、余韻だけを残して消える。

「だから……、ずるい、って……」

岡村は顔をしかめて部屋に入り、濃い色をした香水を回収した。

石積みで舗装された用水路を、店内の明かりが照らし、闇《やみ》に溶けた桜の枝から花びらが舞い落ちる。大阪とは違う、京都らしい景色だ。

＊＊＊

傾けたウィスキーの香りを吸い込み、窓沿いのカウンター席に座った岡村は物想いに耽《ふけ》る。あの夜、佐和紀と岩下を引き合わせたあと、セックスを終えたばかりの佐和紀と話をした。ルームサービスで頼んだオムライスが届くまでのわずかな時間だ。

岩下が洗った佐和紀の濡れ髪を、ドライヤーで乾かしたのは岡村だ。

隣の部屋に筒抜けになるほどの嬌声《きょうせい》が脳裏をよぎったが、欲情するよりも再会の喜びが大きかった。

岩下と抱き合い、放心するほどに満たされた佐和紀の無防備さも愛《いと》しかったからだ。甘い行為のあとで触れることを許される人間は限られている。

もしかしたら、自分だけかもしれないと思い、岡村は泣きたい気持ちでしみじみと髪に触れた。

ブリーチで傷んだ髪を、岩下はどんな気持ちで洗ったのか。

佐和紀が帰ったあともコネクティングルームにいた岩下こそ、身も心も放心していた。

先に部屋を出れば、待ち構えてしまうと危ぶんだのかもしれない。連れて帰りたいと思わないわけがないからだ。

あれから、半月と少し。

ふたりの二度目の密会はまだ実現していないが、サーシャは横澤のお気に入りとなった。いまのところ、三日に一度の頻度で会っている。

直登がバイトに出ているときしかダメなのだと話す佐和紀は、彼を弟のように感じていた。自分が直登の兄を犠牲にした償いというよりは、当時に感じていた『家族』の感覚を引きずっているように見える。

疑似家族の役割を果たそうとしているのなら、それも仕方がないと岡村は思う。

揺らしたグラスの中で円を描いて動く液体を眺め、ぼんやりと考える。

佐和紀がどこまで直登のことを知っているのか、まだわからない。

確認していなかったが、きっと、星花の調書を見た岡村の方が、佐和紀と再会するまでの直登の暮らしを知っている。

かわいそうな人生だった。

しかし、どこかで聞いたような、よくある話だ。

岡村のそばには、ありふれて転がっている。

親に愛されない子どもも、兄弟間の行き違いも。いわれのない暴力や、奪うしかない愛情も。道を踏み外す原因になることはすべて聞き飽き、過酷な幼少期だと思う感覚さえ麻《ま》痺《ひ》していく。

満たされないことに憤りを覚える人間は恵まれているぐらいで、初めから持たない子どもは、どこまで行っても夢さえ見ることができない。なぞる幸せの形さえ知らないからだ。直登がもしも幸せを知っているなら、それはきっと、佐和紀と一緒にいた短い時間のことだろう。直登を放っておけない、と佐和紀は言った。

一緒にいてどうなるのか。わからないながらに、できることをしてやりたいと思っているのなら、岡村は黙って佐和紀に従うつもりだ。

直登の望みも、癒やされるべき傷も、調書には書かれていないし、浮かび上がってもこなかった。想像がつかない。

目に見えてわかるものなら、佐和紀だって身ひとつで飛び出したりはしなかったのだ。横浜を出た理由のひとつに、木下からの脅しがあったことも佐和紀本人から聞いた。そのときはまだ、木下をよく知らず、ふたりが大変なことをしでかすと佐和紀は思ったのだ。しかし、木下にそんな力はない。佐和紀は騙された。

「先は、長いな……」

つぶやいて、岡村は桜の枝を見た。あの夜、佐和紀が言ったことを思い出す。もう何度もなぞり直し、そのたびに胸を震わせてきた。

『おまえたちの方が、よっぽどかわいい』

佐和紀はそう言った。

直登と比べての話だ。嘘でも嬉しいと思ったが、嘘であるわけがない。偽らざる本心だ。できることなら、岩下と離婚することなく、岡村や三井を残していくこともしたくなかっただろう。

しかし、一方では、佐和紀自身のひとり立ちのための、都合がいいきっかけになった。岩下の嫁であるうちは、関西の情勢に首を突っ込めない。旦那《だんな》の看板に傷はつけられないし、背負うには重すぎる。

「お待たせしました」

男の声がして、カウンターの隣のイスが引かれる。

手に水割りのグラスを持った道元は、座りもせずに中身を飲み干した。よほど、喉が渇いているらしい。

「出かける間際に、真柴から連絡があって」

「なにか？」

横澤として会っている岡村は、それらしく問いかける。

「……赤ん坊が熱を出した、って。緊急病院を探したり、なんだりで……」

「そんなことの対応までしてるのか」

思わず笑ってしまう。クールなイメージの道元からは想像できない。

「かわいいんですよ。赤ん坊が」

「誰かに産ませたら、どうだ」

ウィスキーを残して、席を立つ。これから、ふたりでホテル行きだ。横澤が宿泊している部屋に戻って、それなりのプレイと今後の話し合いが待っていた。

「自分の子だと思うと、のんきに眺めていられないでしょう。横澤さんこそ、どうなんですか」

「……俺は、愛人に夢中だ」

うそぶいて出入り口へ向かう。

岩下の引き合わせで、噂の『横澤』だと紹介されたとき、道元と美園はぽかんと口を開き、しばらく言葉がなかったほど驚いた。

「あぁ、目が覚めるような美人の……。あっちの具合もいいんですか」

実際には手を出せないと知っていて、道元は挑戦的だ。

店の外へ出ながら、岡村は笑う。

花冷えの冷たい風が吹き抜け、ほんの少しだけ肩をすくめた。

「当たり前だろ。なにもかも最高だ」

なめらかなネイビーのベロアに花牡丹の刺繍が入ったブルゾンは、スカジャンと呼ぶには柄の入れ方がイレギュラーだ。それでも内側は赤いサテン地で、着る者がスカジャンだと言えばスカジャンだ。定義はない。

佐和紀は横須賀出のチンピラで、別れても岩下を愛している。ふたりはいまでも夫婦で、そこにも定義なんて存在しない。

そして、岩下から独立した岡村は、どうしようもなく佐和紀が好きなまま、横澤を演じている。

「それでいいんですか？」

道元が眉をひそめる。なにが楽しいのかと言わんばかりだ。

ウールのジャケットを着た岡村は、スラックスのポケットに手を入れて振り向く。

「あんたに人のことが言えるのか？　立ち話で済ませても、俺はかまわない」

ふたりの上に伸びた枝からも、桜は舞い落ちた。

道元の肩に乗ったひとひらを摘《つ》まみ、自分のくちびるに押し当てる。

道元を支配しているのは、岡村だ。横澤と名乗るようになってから、ふたりの関係はまた少し変わった。

「謝ります」

岡村の手首を摑んで引き戻し、道元は桜の花びらを取った。そのまま自分のポケットへしまう。

「機嫌を直してくださいよ、横澤さん。……その美人に似合いそうな浴衣《ゆかた》でも、贈りましょうか」

笑う道元に促されて、岡村は歩き出した。

次から次へと舞い落ちる桜の花びらが、歩く道の、前にも後ろにも降り続いていた。

数日が過ぎれば、また佐和紀に会える。

それが、なにものにも代えがたく、幸せだった。

旦那の恋慕

しっとりと濡《ぬ》れた肌を寄せ合い、感嘆の息づかいをくちづけに混ぜる。腰からヒップへと這《は》わせた指先は、ひとり寝の夜に焦がれて燃えるように熱いはずだった。

その証拠に、佐和紀《さわき》が背筋をよじらせる。

痩《や》せた身体《からだ》は出会った頃を思い出させ、周平《しゅうへい》の胸を痛いほどに締めつけた。離れがたくなり、さらに腰を入れようとしたが、愛し合える時間には限りがある。佐和紀が意識しない分だけ気にしてやらねばならず、呼吸に溶けるほど名前を呼んだことも忘れたふりで、周平はポーカーフェイスを装った。

萎《な》えることを知らない貪欲《どんよく》な楔《くさび》を引き抜き、全身で呼吸を繰り返している佐和紀の身体を抱き起こす。

「待って……」

余韻をねだる声は甘く、白い額には金茶色にブリーチされた前髪が貼《は》りついている。

「ここで朝を迎えるわけにはいかないだろう」

佐和紀は直登《なおと》の待つマンションへ帰らねばならず、周平もまた、岡村《おかむら》と入れ替わって、当初の予定通りに会合へ出なければならない。

「……腰が」

「抱いていってやるから」

腕を引き寄せて、首へ促す。そのまま腰に足を絡みつかせた駅弁スタイルで運びたかったが、また欲情してしまうのが目に見えている。おとなしく横抱きにして風呂場《ふろば》へ運んだ。

「自分でする」

久しぶりのことに恥ずかしがる佐和紀を洗い場のイスに座らせ、周平はわざと腰にバスタオルを巻いた。もういたずらにも挑むつもりがないと明示しておかなければ、いつまでも恋人気分でイチャついていたくなってしまう。自制心を保って、佐和紀の髪から順番に全身を清めていく。何発も中出しした精液さえ事務的に掻《か》き出して、金髪につけておいたヘアマスクを洗い流す。

「……どこでやったんだ」

佐和紀の髪はひどく傷んでいて、岡村が準備したヘアマスクもたいした効き目がない。腹立ちが声に出たが、激しい情事の余波を引きずっている佐和紀は気づかなかった。

首をのけぞらせて、とろりとしたまなざしを素直に向けてくる。

「木下《きのした》が……」

「その程度の金も惜しむ男か」

「……まぁね」

ふっと浮かべた笑顔は、退廃的な歪《ゆが》みを見せ、やはり出会った頃を思い出させる。小さな組にたったひとりだけ残された構成員であり、まるでチンピラ同然だった佐和紀は、まともな金策もできないほど中途半端な男だった。

それでも、ここぞというときの啖呵《たんか》だけは一人前で、暗闇《くらやみ》にひっそりと咲く花のような魅力があった。

雪の降る夜の、赤い椿《つばき》の思い出を周平は引きずっている。新雪めいた白い羽二重の布地を、震えながら握りしめていた佐和紀は、どこにも寄る辺がなく、もの悲しさでいっぱいに見えた。

記憶をなぞると、ため息がこぼれそうになり、周平はくちびるを引き結んだ。

佐和紀の指先に入れ墨をたどられ、どんなに覚悟を決めても揺らぎがちな理性も危うい。だから、バスタオルを取ってシャワーを浴び、そのままにしておきたい佐和紀の汗も唾液《だえき》も名残も洗い流す。心はひとつもすっきりしなかったが、やはり節度は守らなければならない。

佐和紀が欲情を再燃させないうちにバスローブを着せて、ベッドの端へ戻した。それから、脱ぎ捨てた服を集めて回る。まるで間男だと笑いが込みあげたが、手早くコネクティングルームへ投げ込んだ。

もう一度取って返し、金髪から雫《しずく》を滴らせている佐和紀へ近づく。

放心した顔つきを向けられ、磁石のような引力に従った。くちびるをぐるりと舌先で舐《な》め、そっと合わせてから吐息ごと吸いあげる。

そのまま別れて引きあげることができたのは、周平の自制心が強かったからでも、理性が勝ったからでもなかった。単なる性分に過ぎない。現実を受け止める冷徹さが捨てられず、迷うことなく背を向けてしまう。

コネクティングルームで控えていた岡村と入れ替わり、もう一度、シャワーを浴びる。髪を乾かし、服を着替え、ソファに沈み込んで煙草《たばこ》を吸った。

隣の部屋にはまだ佐和紀がいる。おそらく、岡村に身支度を手伝わせ、ルームサービスで食事を頼むはずだ。ろくなものを食べていないのが一目瞭然《いちもくりょうぜん》なほど、佐和紀は痩せていた。だから、岡村だって、栄養を取らせず、そのまま帰すはずはない。

煙草をゆったりと吸って、眼鏡《めがね》をかけた周平はいましがたまでの行為をなぞる。

佐和紀の息づかい、腰の悶《もだ》え、泣き声と嬌声《きょうせい》。背中に食い込んだ指先と、涙の熱さ。そして、汗で濡れた肌の淫猥《いんわい》さだ。

ぐっと込み上げるものがあり、たいして吸っていない煙草を灰皿で揉《も》み消す。新しい一本に火をつけて、紫煙の揺らめき昇るのを眺める。

待ち望んだ再会に身も心も満たされた。だからこそ、どうしようもないほど昏《くら》く淀《よど》んだ喪失感に苛《さいな》まれる。覚悟はしていた。

佐和紀を手放し、ひとりで行かせると決めた瞬間から、自分を試し続けてきた。

もしもの心変わりや、誰《だれ》かに抱かれたり、誰かを抱いたりすることが怖いわけではない。なによりも恐ろしいのは、胸に残る恋の灯火《ともしび》で、周平自身が焼き尽くされてしまうことだ。

そうなればもう理性も自制心も跡形がない。佐和紀の人生や尊厳さえも、聞こえのいい言葉で取り繕って取り上げ、縛ってしまうだろう。アキレス腱《けん》を切るような真似《まね》や鎖で繋《つな》いでおくような真似も、やろうと思えば比喩《ひゆ》ではなく、できる。

それもひとつの愛だと、心のどこかでは妄想してきた。

ひたすらに見守り育んできたからこそ、他の男たちのように佐和紀をカゴの中へ入れてしまいたい気持ちになる。自分なら許されるのではないかと夢想して、その愚かさに幾度となく失笑を重ねた。

火をつけた煙草を吸う気持ちにもならず、周平はただぼんやりとかすんでいく白い煙を目で追う。

またひとり寝の夜に帰る。その侘《わび》しさを考えないようにしても、佐和紀と暮らした年月が現実である以上は身に沁《し》みてつらい。

もしかしたら、入れ墨を背負ったときよりも、家族と絶縁したときよりも、もっともっと孤独で救いがなく絶望的ではないかと思う。

佐和紀の髪は柔らかく、潮風になびくとつやめいて見えた。ときどきインナーカラーを入れてみることもあったが、派手に染め変えることはしなかったのに、あんなにも手触りが悪くなるほど痛めつけられたことも、いまになってじわじわと口惜しい。

離さなければよかった。

ひとりにしなければよかった。

岡村でない別の誰かをスポットで付かせることもできたのだ。方法はいくらでも考えられた。けれど、そうしないと決めたのは周平自身だ。

過去の自分を憎む心が芽生え、同時に、指先が震えるぐらいの哀しみと怒りを覚える。

灰が床に落ちて、また少しずつ煙草が燃えていく。

いますぐに立ち上がってドアを開ければ、佐和紀を奪っていくことはできる。遊びは終わりだと言えば、ホッとした顔でうなずくかもしれない。

胸の奥がチリチリと焦げて、周平は煙草を灰皿に置いた。思い悩んで、額へと指先をあてがう。煙草の匂《にお》いが鼻先をかすめて、またひとつもの悲しさが増す。

すべては幻想だ。世迷い言を繰り返して、日々をやり過ごし、見送った夜からずっと、ふたたび抱き合えるこのときを待っていた。

旦那《だんな》さん。

そう呼びながらしがみついてきた佐和紀の心が、小さな刃《やいば》のようにせつない。こんなにも虜《とりこ》にさせておいて、なにかもかもを信用して、信頼して、次はいつともしれない逢《あ》い引きに期待を持たせる。

ひどい男だ。なにひとつ、かわいげがない。

周平は深くため息をついて天井を見上げた。手の先も足の先も力が抜けて、精根尽き果てた気分になる。

痛めつけられたブリーチの髪をしていても、痩せ細っていても、さびしさをこらえた瞳《ひとみ》をしていても、佐和紀がかわいそうに見えるのは周平の思い込みだった。

自分の足で駆けだした佐和紀は、不自由の中にある圧倒的な自由を謳歌《おうか》している。いまが、佐和紀にとっての青春に違いない。だから、どんなささいなことでさえ、迷い、しくじり、失敗する。きっと、取り返しのつかない過ちもあるはずだ。

そういう恥を積み重ねてこそ、自分の道というものを受け入れることができる。

「サーシャ……か……」

小さくつぶやいて、周平は眼鏡をはずした。狭量な心を押し殺して目頭を揉んだ。

＊＊＊

佐和紀と暮らしていた大滝組《おおたきぐみ》の離れを引き払った周平は、窓辺からヨットハーバーが眺められる高級マンションを新しい生活拠点と決めていた。部屋数は少ないが、天井が高くて開放感のある造りだ。

「理解できません」

勝手に入ってきた支倉《はせくら》が声を震わせる。春めいたところの微塵《みじん》もないネイビーの三つ揃《ぞろ》えがビジネスライクだ。

佐和紀が出奔してから目に見えて増えた酒の量が気に食わないのは知っていた。仏頂面にも拍車がかかる。

支倉から睨《にら》まれた周平は黙ったまま答えず、手元のタンブラーを口元へ運んだ。

「逢えば落ち着くと、おっしゃいませんでしたか」

苛立《いらだ》った声に問われ、酔いの回った視線をちらりと向ける。

確かに、大阪へ行く前にはそう言った。ひとり寝のさびしさを埋めれば、酒の量ぐらい、おのずと減ると思えたからだ。佐和紀に会い、その身体に触れて、愛を確かめ合えば、時間が巻き戻るはずだった。

しかし、状況はそれほど甘くない。

やつれた佐和紀を思い出し、ため息が喉《のど》に詰まって引きつれる。報告は受けていたし、写真も見ていた。いっそ、知らない男のようであれば、これほどの心痛はなかっただろう。

髪を薄汚く脱色して、拭《ぬぐ》いきれない疲労が全身を覆っていても、知っているままの佐和紀がいた。だから、惑いが尾を引いて拭えない。

「酒ぐらい飲ませろ。女を連れ込んでないだけ、昔よりはマシだろう」

「……これなら、逢わない方がよかったじゃないですか」

わけ知り顔の支倉は、これみよがしに肩を上下させた。

「うるさい」

周平はぴしゃりと言い返して、江戸切り子のタンブラーに残っていた酒を飲み干す。さらに注《つ》ぎ足そうと手を伸ばしたが、ウィスキーを飲んでいたのか、ブランデーを飲んでいたのか、すぐには思い出せずに躊躇《ちゅうちょ》した。

テーブルにも床にも、酒の空き瓶が転がり、テーブルの上に並べた数本のボトルは栓もしていない。

「周平さん。こんなことが続くなら、私が連れ戻します」

「誰を……」

笑いながら答えて、指に触れた瓶を傾ける。タンブラーを満たした酒が溢《あふ》れ、テーブルに小さな水溜《みずた》まりができた。アルコールの匂いは判別できず、気にも留めずにタンブラーを掴《つか》む。

「佐和紀さんです」

支倉の手が伸びてきて、周平の手からタンブラーがもぎ取られる。中身のほとんどが床に撒《ま》き散らされ、足元を濡らされた周平はうんざりとため息をついた。

「帰れよ」

「……アルコールはもういいでしょう。昔ほど若くはないんですよ」

嫌がらせを言われて、眉《まゆ》を跳ねあげる。支倉をきつく睨みつけた。

「俺が仕事に穴を開けたか？　なにか、不手際があったか？　ないだろう。朝にはいつも通りだ。ほっとけ」

「女をあてがわれたくないなら、酒に逃げるのはやめていただきたい」

「……じゃあ、安定剤をくれ」

じっとりと目を据わらせて見つめると、美しく整った顔立ちがわずかに引きつった。

「残念ですが、御法度に手を出しても、駆けつけてくれる奥さまではありません。それどころか、決定的に嫌われます。……この有様を見ても、そうでしょう」

「たいした量は飲んでない。だいたい、酔ってなきゃ、夜が終わらないんだ。そうじゃなきゃ、ソロプレイのやりすぎで手の皮が剝《む》けると思わないか」

「……こうなると、わかっていたような気がします」

「お利口ぶったこと、言ってんじゃねぇぞ。よく耐えた方だろう」

ソファにもたれて笑いかけると、支倉はいっそううんざりした表情であとずさった。

「奥さまがされているのと同じように、過去をやり直せば気が済むということですか」

「……べつに」

「では、いまを生きてください。奥さまもそうされています」

「知ったような口を利くよなぁ」

「嫌われてしまいたいのなら、かまいません。いますぐに、覚醒剤《かくせいざい》でも女でも用意します。男の方がいいですか」

「……おまえにしとくか」

卑猥《ひわい》な流し目を向けても、支倉の仏頂面は崩れない。眺めているうちに嫌気が差して、ふっと理性が引き戻された。

冷蔵庫から冷えた水を取ってきた支倉は、タンブラーの中身を迷いなく床へ捨て、代わりに水で満たして突きだしてくる。無理やりに握らされ、飲むように促された。

「絶対に、車には乗らないでください。絶対です」

「ドイツ車に乗る。頑丈だから、平気だろう」

「馬鹿なことを……。水を飲んでください」

「嫌だ」

冷たいタンブラーを握ったままで顔を背ける。

「飲まないなら、水を浴びてもらいます」

「……本気だな？」

笑って振り返り、にやりとくちびるを歪めてみせた。それでもかまわないと思ったが、支倉の拳《こぶし》がぶるぶると震え始めているのに気づいて気が変わる。顔色も青白さを増していた。

水を喉へ流し込み、周平はもの憂く目を伏せる。酔っていても、佐和紀の面影がちらついて気が晴れず、もの悲しさがふつふつと増えていく。

「酒に逃げて、みっともないと思ってるんだろう」

そう尋ねたが、じっとりと見つめてくる支倉は口を開かない。

浴びるように酒を飲んで、自損事故を起こしたことは一度や二度ではない。ガードレールを乗り越えて崖下《がけした》へ落ちたこともあるが、周平は不思議にかすり傷程度しかケガを負わなかった。

死にたかったわけではない。しかし、支倉から見れば、まごうことなき自殺行為だ。そのたびに怒りを爆発させていた。

「鬱憤《うっぷん》の晴らし方は人それぞれでしょう」

支倉はうつむき、握りしめていた拳をゆっくりほどいた。

「同情してくれる相手なら、好きなだけ飲んでかまわないと思います。でも……」

「佐和紀は違うな。……あいつはさ、俺が平気な顔で待ってると、そう思ってんだろうか。なぁ……、どう思う」

「考えれば、向こうだって、離れてはいられないでしょう」

淡々とした口調で答えた支倉があきれ半分のため息をつく。水を飲み干した周平は、目を細めた。タンブラーがまた水で満たされる。

「こんなに飲んでいると知ったら、気に病むと思います。そのままでいてくれると信じられるからこそ、黙って出ていこうとしたんです。あなたへの信頼だと、私は思います。……周平さんだって、そう思うから行かせたはずでしょう」

「……人の心は、そんなに簡単じゃない。だいたい、同情してくれないのに、気には病むってのが、あいつの嫌なところだ。それなら、そばにいればいいだろう」

「ご本人に言えばどうですか」

うつむいた支倉が肩を震わせる。言えないと知っていて笑っているのだ。水を飲み干した周平は、身を屈《かが》めている支倉の肩あたりを拳で突いた。

「言えるわけがないだろう」

「それはどうしてなんですか。弱いところも見せ合えばいいじゃないですか」

「……さじ加減があるんだ。幻滅されたくないだろう」

「面倒な関係ですね」

「俺とおまえより、マシだ。……車を回してくれ。山手《やまて》のマンションで寝る」

「ええ。それがよろしいでしょう。ここはあとで片づけておきます」

支倉の答えを聞きながら、腰を上げる。視界がぐらぐら揺れるほど酔っていたが、足腰は意外にしっかりしていた。

「さびしいんだよ、支倉。佐和紀が自由にやってるなら、それでいい。そう思っても、こんなにかわいそうな俺を置いていける佐和紀が憎らしい」

「……別れたらどうですか」

本気か嘘《うそ》かわからない返答は辛辣《しんらつ》だ。鼻で笑った周平は、携帯電話をスラックスのポケットに入れる。

「憎らしいから、いっそう愛してるんだ」

口にした言葉が脳に沁みて、傷ついた心が軋《きし》んでいく。

どれほど酒を飲んでも、酔ってみても、指先に残った肌の感触は生々しく甦《よみがえ》るばかりだ。いっそみっともなく壊れてしまいたくても、愛された記憶と愛されている実感があるから、肝心なところで歯止めがかかる。

遠く離れていても、佐和紀はいまだに、周平の心にかかったストッパーだ。未来に夢を繋いでくれる。みすぼらしくやつれた外見とは裏腹に、瞳の奥に強い意思が見え隠れしていたのが、なによりの証拠だ。たったひとりで自由を手にして、佐和紀はこれから、なにもかもを思い通りに御していく。その成長の始まりを、あの逢瀬《おうせ》の夜、確かに実感した。

支倉の運転で山手のマンションへ移動して、玄関先まで送られる。ひとりで中へ入ると、ふいに懐かしさが込みあげた。心につらさはない。

一週間ほど前に書類を取りに来たときは壊滅的で、横浜時代の佐和紀を思い出し、胸の苦しさに耐えかねた。それで不眠に陥り、酒の量が増えたわけだ。

支倉にだけ言える本音を口の中で繰り返して、シャワーを浴びる。

憎らしいから、いっそう愛している。いまでも、これまで以上に、もっと、だ。

他人を好きになることの苦痛を散々に与えられ、同時に、夢を見るような愛情の甘さを感じてしまう。行ったり来たりの気持ちをどうにか整えながら、周平はこれからも佐和紀を見守り続けなければならない。

無条件に愛されると信じていても、そうされることにふさわしい男でありたいからだ。

酔いの残る身体で寝室へ入り、家政婦が整えたベッドの上を見た。

脱ぎ捨てていたはずの正絹がきれいに折りたたまれている。手に取り、さらりと素肌にまとう。佐和紀が残していった青磁色のとろりとした襦袢《じゅばん》が、周平の部屋着代わりだ。袖も丈も短いが、誰が見るわけでもないからかまわない。そばに置かれた紐《ひも》で腰あたりを押さえた。

リビングへ出ると、散乱した書類の山はそのままで、瓶や缶や食器類がすっかり片づいている。ローテーブルの上をなにげなく見た周平は、見覚えのある写真に気づいた。置いたのは、支倉だろう。周平と佐和紀以外でこの部屋へ出入りできるのは、家政婦を手配する支倉だけだ。

手に取り、じっと眺める。なくしたと思っていた一枚だ。

金だらいに足を浸した、浴衣《ゆかた》姿の佐和紀が笑っている。夏の陽差しと庭から聞こえてくるセミの声が周平の脳裏へ舞い戻った。

いつが一番楽しかったかと問われたら、周平は答えに困る。佐和紀と出会ってから、常に、いま、この瞬間が楽しい。

佐和紀と暮らしていなくても、めったに会えなくても、心配して気づかい、夜毎《よごと》に夢で会いたいと願う日々であっても、いまが一番だ。

こんなにも愛して、こんなにも愛されたいと求める相手は、もう二度と現れない。人生に、たった一度だけの奇跡だろう。そうであって欲しいと思うから、周平はありとあらゆる努力を繰り返している。奇跡も運命も、天から与えられるものではなく、自分で作り出すものだと心に決めていた。

写真をテーブルへ戻して、キッチンへ入る。酒を飲もうとして、手を止める。

冷蔵庫に入っているトニックウォーターだけをグラスへ注いだ。酔い覚ましに飲み、それから、コンポの上に重ねたCDを探った。一枚を選ぶ。

シングルリピートでかけるのは、スタンダードナンバーだ。ほどよくムーディな『スターダスト』は、佐和紀も好きだった。

ほろ酔いになれば、どちらからともなく誘い合ってチークを踊った。この部屋で何度も繰り返した戯れだ。佐和紀が着物姿のときもあったし、パジャマのときもあった。一枚ずつ脱がしあって、そのままソファで情欲に耽《ふけ》ったこともある。

繰り返されるメロディに乗せて、佐和紀の指先が周平の頬《ほお》をなぞった。夜更けになればヒゲが伸びて、指先をチクチクと刺す。それをうらやましがるのがあどけなくて、なめらかな肌に頬ずりを繰り返した。

嫌だと言われながら、加減をしていけば、それもまた情交の前戯だ。佐和紀の肌のやわらかなところに余すことなく頬ずりをして、かすかな刺激でよじれていく身体を与えてもらう。快楽を貪《むさぼ》ったのは、周平だけではなかった。佐和紀もまた、自分の中に溢れてくる情欲を味わい、たっぷりとした快感に溺《おぼ》れて喘《あえ》ぎ、ときどきせつなげに目を細めて微笑《ほほえ》んだ。

互いが差し出す淫《みだ》らな果実は蜜《みつ》を滴らせ、永遠に忘れられない交歓の日々を形作った。だから、離れていても、胸が張り裂けそうに痛んでも、こうしてひとりで過ごすことができる。あのこころよさは、ふたりでなければ感じ合えない種類のものだから、浮気心なんて微塵も生まれてこない。

「佐和紀」

小声で呼んで、深い息を吐く。肌に触れる絹の感触に目を閉じた。布地をたぐるように自分の身体を抱けば、泣きながらしがみついてきた佐和紀が確かにいる。

大阪で最後に交わしたキスが、周平の肌を柔らかく震わせた。

佐和紀と離れて、初めてわかったことがある。相手の存在の大きさや愛の尊さだけでなく、不安や悋気《りんき》や怒りでさえ、甘くせつなく官能的であるということだ。

耐えがたい苦しみに、いっそう愛は深まっていく。

髪をかきあげ、眼鏡を指先で押しあげ直す。さりげなく触れた頬はつるりとした手触りで、いままでの癖が抜けないことに笑いがこぼれた。いつでも佐和紀に頬ずりしたくて、こまめにシェーバーを当てる癖がついている。

「ひどい男だよ。俺をひとりにして」

胸の奥がせつなく焦がれて、佐和紀の残した恋の灯火が揺れる。

まるでせつない片想いだった。ひとりとひとりがそれぞれ独立した人間である以上、恋心はみんな『片想い』に違いない。それを持ち寄って、ベクトルが同じことを確かめて、初めて、ふたつの想いは『両想い』になるのだろうか。

スピーカーから流れる甘い歌声に背中を押され、周平は寝室へ戻った。遠くなる旋律に混じって、いまにも佐和紀の笑い声がしそうだ。

クローゼットの前に立った周平は、扉に両手を押し当てた。しばらく息をひそめ、離れに残されていた佐和紀の荷物のことを考える。すべて捨ててしまったのは自分だ。いつか、佐和紀にも告げなければならない。

理由を聞かれたら、なんと答えようか。

そう考えながら、クローゼットの扉を開く。白檀《びゃくだん》の残り香がじわりと忍び出て、部屋へと広がっていく。

また恋に落ちて、いっそう佐和紀が好きになる。ひどい男だと憎らしく思いながら、これからもずっと、自分だけに想いを向けて欲しいと願う。

それだけで、恋に傷ついた周平の心は癒《い》やされ、空虚を感じた胸も塞《ふさ》がる。

腕から垂れた襦袢の袖が柔らかく揺れて、正絹の軽やかさが佐和紀の指先の重さを思い出させた。そっと引かれて振り向けば、いつだってキスが始まる。

想像の中で佐和紀を抱き寄せて、ひとり寝の夜は静かに更けていった。

あとがき

こんにちは、高月紅葉です。仁義なき嫁シリーズ第二部第十二弾『愛執番外地』をお届けします。シリーズ通算十九冊目です。

番外地と名付けた本編扱いの番外編も片恋番外地・惜春番外地に続く第三弾となりました。横恋慕マスターの岡村は今回も迷いに迷っています。

ちょっとずつ成長しているんですけれど、成長したらまた次の問題が出てくるんでしょうね。愛情と欲情の狭間は大変だなぁと思いつつ書きました。そんな彼も、次巻から始まる第三部では横澤を演じながら成長していきますので、ご安心ください。

仁義なき嫁シリーズは二〇二三年の時点で、すでに同人誌と電子書籍で第三部六作目まで進んでいます。詳細はお楽しみなので伏せておきますが、いろんな苦難や問題を乗り越え、佐和紀も周辺の人々も変化しています。行く先を楽しみに今後もどうぞお付き合いください。

そして、折りに触れ、物語の隙間を埋める番外編も書いています。こちらは同人誌と電子書籍で読めます。文庫で読んでくださっている方は、電子書籍であればシリーズ中の

『短編集』と名のついたもの、同人誌であれば『番外短編再録集』をお求めください。

電子書籍の短編集は執筆順、同人誌の短編集は時系列で収録しています。

ちなみに、同人誌文化にまったく触れたことのない方もいらっしゃると思うので、説明しておくと……。同人誌というのは自費出版された冊子で、通常の出版流通には乗らずに販売されます。通常の書店で取り寄せ注文をすることはできませんので、同人誌を扱っている通販サイトでの購入をオススメします。詳しくはカバーに載せているサイトやX（旧twitter）をご覧ください。

末尾となりましたが、この本の出版に関わってくださった皆様に心からの感謝を申し上げます。そして、仁嫁を支えてくださる皆さんにも。みかじめ料、ありがとうございます。

みなさんの心のありようが安心安全であるように祈っています。

また、お目にかかれますように。

高月紅葉

＊仁義なき嫁　愛執番外地：同人誌「愛執番外地・仁義なき嫁」に加筆修正
＊旦那の恋慕：書き下ろし

ラルーナ文庫

この本を読んでのご意見・ご感想・ファンレターなどお待ちしております。〒110−0015 東京都台東区東上野3−30−1 東上野ビル7階 株式会社シーラボ「ラルーナ文庫編集部」気付でお送りください。

仁義《じんぎ》なき嫁《よめ》　愛執番外地《あいしゅうばんがいち》

2024年4月7日　第1刷発行

著　　者｜高月《こうづき》 紅葉《もみじ》
装丁・DTP｜萩原 七唱
発 行 人｜曺 仁警
発 行 所｜株式会社 シーラボ
〒110-0015　東京都台東区東上野 3-30-1　東上野ビル 7 階
電話　03-5830-3474／FAX　03-5830-3574
http://lalunabunko.com
発 売 元｜株式会社 三交社（共同出版社・流通責任出版社）
〒110-0015　東京都台東区東上野 1-7-15
ヒューリック東上野一丁目ビル 3 階
電話　03-5826-4424／FAX　03-5826-4425
印刷・製本｜中央精版印刷株式会社

　ISBN978-4-8155-3292-5